Nous remercions le Conseil des Arts du Canada,
le ministère du Patrimoine canadien et la SODEC
de l'aide accordée à notre programme de publication.

Patrimoine   Canadian
canadien   Heritage

Logo et illustration de la couverture:
Brigitte Fortin

Édition électronique:
Infographie DN

Dépôt légal: 1er trimestre 1998
Bibliothèque nationale du Canada
Bibliothèque nationale du Québec

123456789 IML 98

L'ÉNIGME DU CONQUISTADOR

L'île du Serpent
de la Terre

DU MÊME AUTEUR
AUX ÉDITIONS PIERRE TISSEYRE

Série L'ÉNIGME DU CONQUISTADOR
Les cubes d'obsidienne, 1997
La formule de mort, 1997

Données de catalogage avant publication (Canada)

Marillac, Alain, 1951-

    L'île du serpent de la terre

    (Série L'énigme du conquistador; 3)
    Pour les jeunes

    ISBN 2-89051-687-3

    I. Titre   II. Collection: Marillac, Alain, 1951-
                (Série L'énigme du conquistador; 3)

PS8576.A655143 1998   jC843'.54   C98-940035-2
PS9576.A655143 1998
PZ23.M3711 1998

L'ÉNIGME DU CONQUISTADOR

L'île du Serpent de la Terre

roman

Alain J. Marillac

**ÉDITIONS
PIERRE TISSEYRE**

5757, rue Cypihot, Saint-Laurent (Québec) H4S 1R3
Téléphone: (514) 334-2690 – Télécopieur: (514) 334-8395
http://ed.tisseyre.qc.ca
Courriel: info@ed.tisseyre.qc.ca

Prologue

L'*Oannès*, le trimaran de Kevin et Laurence, les grands-parents d'Audrey et de Stéphane, mettait de nouveau le cap vers le fleuve Saint-Laurent. Il redescendait le Saguenay, poussé par un vent léger mais constant.

Audrey, quatorze ans, et son frère Stéphane, seize ans, avaient apprécié ces trois semaines passées sur l'eau. Surtout après leur séjour sous la chaleur accablante du Yémen où, avec leurs parents, ils avaient traqué des malfaiteurs et découvert une mystérieuse salle dédiée à la reine de Saba*. Curieusement, tout cela leur semblait déjà loin. Depuis, ils s'étaient emplis les yeux des paysages du lac Piekuakami, dont

---

* Lire *La formule de mort,* dans la même série.

le nom montagnais était devenu le lac Saint-Jean. Sur ses rives, ils avaient, entre autres, visité le village fantôme de Val-Jalbert et le zoo de Saint-Félicien, et ramassé des bleuets.

Ils firent une petite halte à L'Anse-Saint-Jean. Kevin voulait y faire provision de sa bière préférée, la Royale, et présenter ses petits-enfants à Denis Ier, roi du royaume du Saguenay. Il s'agissait d'un roi symbolique certes, élu après une campagne publicitaire et régnant principalement sur le développement touristique régional, mais un roi est un roi.

L'Anse Saint-Jean était, sans aucun doute, l'un des lieux les plus beaux du parcours. Un petit renfoncement du fjord abritait ce village adorable aux maisons posées à flanc de colline. Ils accostèrent à l'un des pontons et retrouvèrent Denis Ier à la terrasse du petit restaurant donnant sur la baie, qui était un peu son quartier général. Il les accueillit avec le sourire et discuta un long moment avec eux, tout étonné des voyages que Stéphane et Audrey avaient déjà accomplis à leur âge. Audrey ne put s'empêcher de lui faire une remarque :

— En tout cas, vous n'avez pas vraiment l'air d'un roi.

— Qu'importe la couronne! L'essentiel est de régner et de faire bouger la région.

— C'est vrai.

Ravis de leur rencontre, ils prirent congé et, sur un dernier signe de la main, les deux adolescents entreprirent de traverser le village et d'entamer l'escalade du chemin abrupt qui menait à un petit observatoire, au sommet d'une des falaises du fjord. Là-haut, une plate-forme permettait de découvrir l'anse dans son ensemble, ainsi que la longue ligne sombre du Saguenay. Quelques kayaks de mer s'éloignaient doucement, marquant de lignes jaunes et rouges les eaux sombres.

Deux heures plus tard, Audrey et Stéphane ayant pris de nouvelles photos, Laurence ayant fait l'achat d'un foulard aux armes du royaume et Kevin ayant fait ses précieuses provisions de bière, ce dernier donna le signal du départ. Il avait décidé de leur faire vivre quelque chose de spécial, mais il refusait de leur en dire plus. Laurence souriait, mystérieuse elle aussi. L'*Oannès* reprit son essor, toutes voiles dehors.

En appui sur sa coque et son flotteur droit, le bateau s'inclinait sous le vent arrière, filant rapidement en laissant une éphémère cicatrice blanche sur les eaux. Les falaises défilaient, majestueuses et secrètes. L'embouchure du fjord approchait et l'on pouvait déjà apercevoir la ville de Tadoussac.

Audrey et Stéphane auraient bien aimé se baigner. Il faisait très beau, mais ils savaient l'eau glacée. Le Saguenay, comme le Saint-Laurent, était à cette hauteur lié à la mer. Vingt mètres d'une eau douce et relativement chaude flottaient au-dessus d'une nappe d'eau salée et froide venant du golfe. Il y avait même des marées.

L'arrivée dans le fleuve Saint-Laurent était toujours un ravissement pour les yeux. On avait l'impression de déboucher dans l'océan. En raison d'une petite brume lointaine, il était impossible de distinguer l'autre rive, déjà peu visible par temps clair.

Un vent de côté vint d'un coup frapper le foc. Il était chaud, chargé des parfums de la terre et puis, quelque centaines de mètres plus loin, il se rafraîchissait. Malgré le beau temps, les deux jeunes aventuriers n'avaient aucune peine à supporter leurs vêtements molletonnés et leurs vestes de sauvetage.

Kevin vira de bord et mit le cap en direction de Québec. Audrey tendit le bras, désignant du doigt de petites formes blanches à la surface de l'eau. On aurait dit de l'écume.

— Regarde, Stéphane ! Des bélugas.

— Ouais ! Ils sont toute une bande. J'en compte au moins dix.

Les petites baleines blanches ne laissaient voir que leur dos, réservant le reste de leur corps à l'univers marin. L'un des bélugas était accompagné d'un tout jeune, un veau, reconnaissable à sa couleur brun-gris.

Fasciné, Stéphane les observait aux jumelles. Ce n'était pas la première fois qu'il en voyait, mais chaque rencontre était pour lui une joie et, en même temps, une inquiétude. Il ne pouvait s'empêcher de songer à la profondeur de l'abysse en dessous du bateau. Ce monde marin appartenait aux baleines, aux poissons, et l'homme ne pourrait jamais le découvrir comme eux, limité qu'il était par sa constitution terrestre et par l'obligation d'utiliser des appareils énormes et encombrants.

Trois heures plus tard, l'*Oannès* abordait les rives de l'île aux Coudres. Il croisa le sillage agité du traversier, puis vira vers le petit port de plaisance.

Au même moment, à Paris, au cœur de son hôtel particulier situé non loin des Champs-Élysées, Érasme Bular déplace ses cent vingt kilos vers un ascenseur privé.

Cinq niveaux plus bas, les portes s'ouvrent sur un couloir qui ressemble à celui d'un grand hôtel, avec ses boiseries et ses miroirs. Cette partie de l'immeuble, en sous-sol, a été construite en secret et les plans ne figurent nulle part. Elle comporte une dizaine de pièces, réparties en bureaux, salle de conférence, section informatique et laboratoire.

C'est là que se trouve le siège de l'organisation occulte de Bular, vouée à la recherche d'objets de pouvoir, de connaissances venues d'autres temps, de mystères à percer. En un mot, Bular s'intéresse à tout ce qui pourrait offrir, à lui et aux membres de son organisation, une puissance quelconque. Il ne rêve pas de devenir le «maître du monde», mais de redécouvrir et d'utiliser les capacités phénoménales qu'il soupçonne certaines civilisations passées d'avoir eues. Pour lui, le pouvoir réside dans le savoir de jadis et non dans l'avenir.

Bular applique sa paume sur un système d'identification. L'ordinateur central l'ayant «reconnu», une porte blindée coulisse en silence, lui cédant le passage. Il s'engage dans un couloir plus étroit, aux murs tendus de papier bleu, et pousse une double porte de chêne pour pénétrer dans une pièce très design, où les autres membres de son groupe l'attendent. Il y a là Renaud Vital, Hubert Desquand, Ernst Duval et Carine Wales.

Bular apprécie de toute évidence le fait d'arriver ainsi le dernier. Il prend son temps pour traverser la salle toute en longueur, jusqu'à son fauteuil, plus large que la normale, trônant au bout de la table de conférence.

Avec précaution, il dépose sa masse imposante dans son siège et, fidèle à sa manie, dévisage ses acolytes d'un air suffisant.

Ayant ainsi sacrifié à son rituel personnel, comme un loup qui affirme sa domination sur la meute, Bular se sent prêt à commencer la réunion demandée par Hubert Desquand, qui doit y faire une communication importante.

L'usage de cette salle étant réservé aux événements exceptionnels, chacun s'est empressé d'accourir. Bular fixe Desquand d'un œil inquisiteur.

— Alors Desquand, cette nouvelle, de quoi s'agit-il ?

Desquand, nerveux comme toujours, tente de classer une dernière fois ses notes avant de se lancer.

— Eh bien, comme vous le savez, nous avions perdu la trace de Don Felipe Da Gozal au Mexique vers 1522, pour la retrouver à Cuba en 1523, avant de la perdre de nouveau, jusqu'en 1532, alors qu'il se trouvait au Yémen.

— Je sais tout cela, Desquand ! Allez au fait, voulez-vous !

— Oui, monsieur. Je voulais seulement rappeler que nous avions un trou de presque dix ans dans la vie de Don Felipe.

— Exact ! L'avez-vous comblé ?

— Peut-être bien, du moins en partie. Laissez-moi vous expliquer.

« Il y a quelques années un chercheur américain indépendant, Barry Fell et ses collaborateurs ont découvert un lexique rédigé en 1691 par un missionnaire français, le père Sébastien Rasles. Ce dernier fut tué par des soldats anglais en 1724 à Oldtown, dans le Maine. »

— Et alors ? demande Carine, avide d'en apprendre plus.

— Voilà ! Ce lexique était destiné à traduire la langue micmaque, dans le but de transmettre efficacement les Saintes Écritures. Rasles se serait inspiré des signes que les Micmacs utilisaient déjà sur des écorces ou des pierres. Mais, selon Fell, ces idéogrammes ressemblaient étrangement aux hiéroglyphes égyptiens.

— Curieux, en effet ! Continuez, Desquand.

— Un des collaborateurs de Fell découvre alors une pierre gravée, à Davenport dans l'Iowa, qui présente trois écritures différentes inconnues en Amérique à cette époque : égyptien, ibérien punique et libyen. Fell en déduit que ces trois civilisations ont eu des colonies dans le Nouveau Monde et, plus précisément, en Iowa. En étudiant ses travaux, j'ai constaté qu'il existe un lien direct avec le lexique micmac rédigé au Canada par Rasles.

— Ce qui vous amène à quoi, Desquand ?

— D'après mes recherches, François Ier, vers 1529, aurait envoyé des volontaires dans le Nouveau Monde, afin d'en évaluer le potentiel humain et, éventuellement, économique. Ils voyageaient incognito avec des pêcheurs. Certains ont débarqué à Terre-Neuve, d'autres, à hauteur de Donnacona qui deviendra plus tard la ville de Québec. Ils avaient la bonne habitude de tout noter. Or j'ai trouvé, aux archives de la Marine, un petit carnet écrit de la main du père André, un missionnaire qui fait mention d'un voyageur espagnol de grande érudition et curieux de tout.

— Da Gozal ! s'exclame Bular, cette fois tout à fait attentif.

— Sans aucun doute. Il mentionne des échanges linguistiques avec cet Espagnol, qu'il ne nomme jamais du reste.

— Pourtant, vous êtes certain qu'il s'agit bien de lui ? s'enquiert Carine Wales.

— Tout à fait. J'ai donc approfondi la chose et j'ai acquis la certitude que Da Gozal a œuvré avec ce père André à l'établissement d'un premier lexique micmac qui a servi de modèle à Rasles. Pour moi, Da

Gozal s'intéressait à ces colonies dont parle Fell. Il cherchait certainement quelque chose en relation avec les premiers découvreurs de l'Amérique du Nord.

— Des Égyptiens, hein ?

— Ou d'autres, monsieur. Je ne sais pas.

Bular s'emploie à résumer à voix haute, comme pour lui-même :

— Si je comprends bien, Da Gozal a traduit le micmac qui serait un dérivé de l'égyptien, ou d'une autre source, tout cela, avant Champollion et au Canada. Et vous en déduisez que Da Gozal était sur la piste de colonisateurs inconnus ?

Desquand sourit largement, heureux d'être compris.

— Oui ! c'est ça ! Et ce travail s'est fait au Québec, plus exactement. Ceci me permet d'affirmer que Da Gozal, durant les années de sa vie qui nous manquent, a poursuivi sa route vers le nord jusqu'aux rives du Saint-Laurent, puisqu'on le retrouve là aux environs de 1529, 1530.

— Bravo, Desquand ! Mais dites-moi, j'ai deux questions. Pour traduire une langue, il faut y passer un certain temps, donc Da Gozal a séjourné chez les Micmacs... disons deux ans, c'est-à-dire entre

1528 et 1530 en gros. Il a bien dû faire autre chose ? Ce n'était pas un homme à rester assis sur une chaise.

— Certainement. Il faut cependant se rappeler que les hivers étaient très longs. Il était difficile de se déplacer.

— Naturellement. Ma seconde question est : quel rapport y aurait-il entre ces traductions, les colonies anciennes dont vous parlez et la véritable raison de la présence de Da Gozal ? Vous avez une piste ?

Desquand s'agite, comme chaque fois qu'il est stressé.

— La seule indication que je possède, ce sont les observations des missionnaires. Ils disent que l'Espagnol semblait très au fait des traditions et des pratiques magiques algonquines. Il paraît qu'il s'intéressait particulièrement aux...

Il consulte ses notes, soucieux comme toujours du mot juste.

— Aux « roches qui enseignent ».

— Les « roches qui enseignent » ! Intéressant, ça. Eh bien, je veux tout connaître sur ces Amérindiens : leurs coutumes, leurs croyances, leurs légendes. En fouillant, on découvrira sans doute ce qui a attiré son attention. Trouvez tout ce que vous pourrez. Où sont les Lemoyne en ce moment ?

C'est au tour de Vital de consulter son carnet personnel :

— Euh… Linda et son mari sont encore au Yémen, mais leurs enfants sont actuellement au Québec.

— Pourquoi ?

— Linda est québécoise, ses parents sont là-bas et ce sont eux qui s'occupent des enfants. Pour l'heure, ils naviguent sur le Saint-Laurent.

— Bien, bien, je vais arranger tout ça. Madame, messieurs, nous allons nous concentrer sur les Micmacs et les Algonquins.

Desquand ouvre tout grand les yeux, incrédule. Il sort une grande feuille pliée en quatre de son dossier. Il s'agit de la photocopie d'une ancienne carte du Canada montrant les régions occupées au XVIIe siècle par les tribus amérindiennes. Rapidement, de ses longues jambes qui évoquent un compas humain, il s'approche de Bular et la déploie devant lui.

— Excusez-moi, monsieur, mais regardez. Vous voyez, comme je le disais, les Micmacs occupaient pratiquement tout le Nouveau-Brunswick et au-delà. Quant aux Algonquins, qui comprennent les Ojibwés, les Outaouais, les Montagnais, les Nepissingues, les Cris et bien d'autres tribus, leur territoire s'étendait du Saint-Laurent jusqu'en Colombie-Britannique presque, c'est-à-dire sur plus de cinq mille kilomètres de long et des centaines de kilomètres de large, sans compter les États-Unis. Où voulez-vous chercher ?

Bular lève les yeux au ciel et tourne sa grosse tête vers Desquand. Il possède une capacité de raisonnement extrêmement rapide, doublée d'une intelligence vive. Il inspire un grand coup en comprenant que Desquand n'a pas suivi la même logique que lui, obsédé qu'il est par un contexte trop général. Doucement, il lui parle comme à un enfant :

— Mon cher Desquand, vous me parliez du Québec. Faites une estimation de la distance qu'un homme pouvait parcourir à cette époque, puisqu'il a dû effectuer plusieurs aller-retour. Cela, à mon avis, devrait nous offrir un champ d'opération plus restreint, non ?

— Euh ! certainement, monsieur.

Desquand s'éclipse rapidement, affolé par l'énormité du travail à accomplir, mais déjà concentré sur sa « mission ».

— Rien d'autre ? demande Bular.

Devant le silence de ses partenaires, il conclut :

— La séance est levée !

Alors que les autres se lèvent et quittent la salle, Bular, quant à lui, se laisse aller contre le dossier de son fauteuil et réfléchit. Depuis qu'il suit la piste de Da Gozal, ce dernier l'a habitué à une logique particulière. Il flaire une piste prometteuse.

Si Da Gozal s'intéressait à ces « roches qui enseignent », c'est qu'il devait y avoir quelque chose de particulier d'inscrit sur ces pierres : des secrets, des formules, sans aucun doute. Desquand avait parlé de « pouvoir magique ».

Bular se prend déjà à rêver de quelque mystère indien jalousement gardé. Il a hâte de tenir ces pierres entre ses mains. Il a déjà entendu parlé des pierres de tonnerre, connues aussi chez les druides et capables de produire des orages ou des tempêtes. Quel est donc le pouvoir des « roches qui enseignent » ?

À moins que ce ne soient les Égyptiens qui aient apporté là un quelconque enseignement plus ancien. Bular brûle du désir de savoir. Il ramène vers lui la carte oubliée par Desquand et se plonge dans son étude.

Audrey, Stéphane, Kevin et Laurence pédalent lentement. Ils ont loué des vélos, la manière la plus pratique de circuler sur l'île aux Coudres. Ils se sont arrêtés un moment au musée des Voitures d'eau pour grimper à bord de l'un de ces bateaux qui, il y a moins de soixante ans, faisaient le fret du charbon, de l'eau, du bois et des denrées de premières nécessités. Ce sont leurs fréquents voyages et l'habitude de les voir au cœur du paysage qui leur avait valu ce surnom de «voitures d'eau».

Après leur visite, de la soute à la cabine du capitaine, ils sortent du musée. Kevin les entraîne, par un petit chemin de terre, vers une pointe, où un bateau de pêche est amarré au bout d'un petit quai. Le seul bâtiment des lieux est une cabane. Elle abrite du matériel électronique et des hommes s'y affairent. Kevin s'approche de l'un d'eux.

— Monsieur Pierre Balland.

Un homme mince, portant des lunettes, se retourne et, soudain, un large sourire éclaire son visage en lame de couteau.

— Ah ça ! Kevin, Laurence, comment allez-vous ?

— Bien, et toi ? Toujours à compter les bélugas ?

— Oui et, malheureusement, à les autopsier. Il en meurt tellement.

— Je te présente Audrey et Stéphane, nos petits-enfants, dit Laurence.

— De sacrés gaillards, si j'en juge à la lueur dans leurs yeux !

— Oui, et curieux de tout. Nous avons croisé des bélugas tout à l'heure et Stéphane est fasciné.

— C'est une bonne chose ! Ces petites baleines sont fabuleuses.

— Vous vous en occupez ? demande Audrey.

— En fait, j'essaie de comprendre comment elles vivent et, surtout, pourquoi elles meurent. Elles sont très malades, tu sais.

— Comment ça ?

— Eh bien ! Avez-vous un peu de temps à me consacrer ?

— Du temps ! Ça oui ! D'après une voyante, je mourrai à quatre-vingt-deux ans, alors ! répond Stéphane avec humour.

Balland éclate de rire.

— Ça nous mène autour de 2063. J'espère qu'il y aura encore des bélugas à cette époque. Donc, comme nous avons un peu de temps devant nous, embarquez.

Tout heureux, les jeunes emboîtent le pas à Balland qui se dirige vers le quai. Tout en marchant, Balland fait un grand geste pour désigner l'endroit où ils se trouvent.

— Savez-vous que c'est ici-même, sur cette pointe orientale de l'île aux Coudres qu'on a établi, en 1686, le premier emplacement de pêche à « fascine » ?

Toujours avide d'apprendre, Audrey demande, les yeux pétillants de curiosité :

— C'est quoi la pêche à « fascine » ?

Balland, heureux de parler de sa passion, pose une main sur l'épaule d'Audrey et l'entraîne vers le bateau. Stéphane, par jeu, saute dans une flaque de boue, puis remonte sur le quai et les rejoint, devenant aussitôt attentif aux explications que le chercheur prodigue à sa sœur :

— Vois-tu, il semble que les colons se soient inspirés d'une technique iroquoise. Il s'agissait de planter des perches de cinq à six mètres de haut, en commençant sous la limite de la marée haute. On en faisait une longue ligne droite qui aboutissait à une sorte d'enclos qu'on appelait le parc. Il avait environ un kilomètre de large sur presque deux kilomètres de long. Le parc n'avait qu'un accès, face à la rive. Cette porte ouvrait sur le «raccroc», un espace incurvé, une sorte d'enclos, si tu veux, qui formait le piège final.

— Et qu'est-ce qui se passait ?

— Les bélugas, poussés par la marée montante, suivaient les poissons et entraient dans le couloir formé par les perches. Ils se retrouvaient ainsi pris dans le parc et dans le raccroc. Alors, à marée basse, il suffisait aux pêcheurs de les effrayer pour qu'ils demeurent enfermés là. Ensuite, ils venaient dans l'eau peu profonde et tuaient les bélugas.

Audrey a la tête pleine d'images de ces massacres, de pauvres baleines sanglantes flottant sur une eau rouge. Émue, elle lâche un petit cri de dégoût :

— C'est atroce !

— C'était aussi leur métier, leur gagne-pain, Audrey. C'est l'abus qui cause les problèmes.

— Pourquoi ne pouvaient-ils pas s'échapper ? s'informe Stéphane.

— C'est peut-être cela le pire. En réalité, ils auraient pu s'enfuir en passant entre les perches. Malheureusement, les bélugas se servent peu de leur vue. Ils se fient surtout aux ondes électroacoustiques qu'ils émettent. Comme ils étaient fort occupés à se nourrir, ils enregistraient les perches comme un mur infranchissable et non comme un obstacle en pointillé, si j'ose dire.

— Je ne comprends pas très bien, l'interrompt Audrey, en montant sur le pont du bateau.

Balland détache le cordage d'amarrage, tout en réfléchissant au meilleur exemple.

— Imagine que tu roules en voiture sur un pont dont la rambarde est ajourée, d'accord ?

— D'accord.

— À une certaine vitesse, tu ne vois plus entre les barreaux, mais tu les perçois comme si c'était une barrière continue.

— Ah ouais !

— Pour les bélugas, c'était la même chose. Les perches étaient comme le mur d'une falaise.

— Les pêcheurs en capturaient beaucoup ?

— Parfois une trentaine d'un coup.

Balland fait signe au capitaine et celui-ci met le moteur en marche.

Stéphane, Audrey et Kevin saluent Laurence qui préfère aller rendre visite à une amie.

— Où va-t-on? demande encore Stéphane.

— Pas très loin, sur les remous que tu vois là-bas. Autour de l'île, il y a des courants d'eau douce et d'eau salée qui roulent les uns sur les autres et qui forment tout une agitation. À marée haute, ces petits tourbillons entraînent des micro-organismes qui attirent le poisson et donc les bélugas. C'est là que nous allons.

En effet, moins de dix minutes après le départ, le capitaine met les moteurs en panne et laisse le bateau dériver doucement. Non loin, à bâbord, un large mouvement d'eau tournoyant est parfaitement visible. Brusquement, deux corps blancs émergent à quelques mètres du bateau: des bélugas. Ils nagent vers le centre du tourbillon puis, soudain, font demi-tour en plongeant. L'un d'eux fait surface, tout près du bateau et se dresse au-dessus de l'eau, son regard brun braqué sur Stéphane, Audrey et leurs compagnons.

— Il vient s'informer sur notre compte, constate Balland

— Il vous connaît ?

— Je ne sais pas. En tous cas, moi, je ne l'ai jamais vu. J'arrive à en identifier une bonne vingtaine à force de sillonner le fleuve mais, lui, je le vois pour la première fois.

— Qu'il est beau !

— Tu vois cette forme bombée sur son front, au-dessus du museau, ça s'appelle le melon. C'est là que se trouve son système de détection.

— Il a une cicatrice en travers de la nageoire caudale, remarque Kevin qui observe le mammifère avec des jumelles.

— Merci, on va noter ça ! répond Balland. Comme ils sont tout blancs, la seule façon pour nous de les reconnaître, une fois qu'ils sont devenus adultes, ce sont ces cicatrices qu'ils ont presque tous, ajoute-t-il pour les adolescents.

— Ce sont des prédateurs qui les leur font ?

— En mer, les épaulards et les requins les pourchassent mais, ici, il y a eu les chasseurs et les hélices de bateau qui les ont blessés.

— Vous disiez qu'il en meurt beaucoup. Pourquoi?

— Ça, c'est une autre histoire. Depuis des années, le Saint-Laurent est très pollué par des déversements de pesticides. Un jour, j'ai analysé de l'huile de béluga datant de 1950. Eh bien! Elle contenait huit parties de BPC et vingt neuf de DDT. Ça veut dire que le fleuve était déjà drôlement contaminé. Les responsables, ce sont toutes les usines qui, depuis 1947, ont rejeté ces particules chimiques dans l'eau. Le problème majeur, c'est que ces produits se fixent dans la graisse du béluga et dans son lait. Quand une mère nourrit son veau durant les premiers mois de sa vie, elle ne fait en réalité que le contaminer à son tour, avec un lait extrêmement toxique. Il est donc condamné d'avance. Tous les bélugas du fleuve sont malades aujourd'hui. Si les gouvernements ne réagissent pas pour assainir les eaux, en 2063, mon cher Stéphane, il n'y en aura probablement plus.

— Mais pourquoi, ne font-ils rien?

— Oh! tout cela est bien compliqué. Ce sont surtout des raisons politiques. Une bonne partie des polluants viennent des Grands Lacs, du côté américain, ce qui implique des discussions complexes au sujet des réglementations à proposer. Je crains que ce ne soit à votre génération qu'incombera la charge de trouver des solutions.

Audrey et Stéphane, pris soudain d'une grande tristesse, se mettent à observer les petites baleines blanches. Ces dernières continuent à se jouer des courants et des remous pour attraper des poissons dont la chair ne fera que les rapprocher plus vite de leur mort. Audrey est subjuguée par leur regard, si proche et si distant à la fois.

Beaucoup plus tard, le bateau remet le cap vers l'île aux Coudres. Audrey rejoint Kevin.

— C'est ça que tu voulais nous montrer ?

— Oui ! Je voulais que vous ayez la chance que quelqu'un de bien vous parle de ces baleines. Tu sais, au cours de toutes les fouilles que j'ai pu faire sur des sites autochtones dans le nord du pays, on a trouvé des ossements de baleines. Elles font partie intégrante de la vie des populations depuis des siècles.

— Et ce sont peut-être les dernières ?

— C'est ça.

Kevin lui caresse les cheveux, puis se réfugie dans ses pensées, méditant sur la piètre qualité de l'héritage que sa génération laisse derrière elle.

*L*inda était étonnée, à juste titre. Elle venait de recevoir une lettre de Bular qui lui recommandait de prendre des vacances : pourquoi Patrick et elle n'iraient-ils pas retrouver leurs enfants pour quelque temps ? Une telle sollicitude était inusitée de la part de Bular. Il avait toujours tendance à en demander plus, toujours plus.

Linda reposa la missive, se demandant ce que signifiait vraiment cette permission étonnante. D'autre part, elle avait tellement travaillé que cette période de repos serait la bienvenue. Lorsque Patrick revint de sa séance de photos, il trouva Linda occupée à finir de boucler leurs bagages.

Deux heures plus tard, ils s'envolaient à bord du King Air, cap au nord, pour gagner le Québec en trois étapes.

Ayant pris leur temps, ils n'atterrirent à l'aéroport de Dorval que deux jours plus tard. Un taxi les déposa à leur petit appartement en face du mont Royal. Après une bonne sieste, ils s'accordèrent un peu de liberté, juste pour eux deux. Ils avaient si peu l'occasion de profiter de leur vie de couple qu'ils apprécièrent intensément ces instants.

Ils passèrent tranquillement la soirée, allant au cinéma et dînant dans un restaurant où Linda se fit une joie de commander des plats typiquement québécois : tourtière et fèves au lard. Même si ce n'était guère la saison pour ce genre de mets, elle avait envie de retrouver les saveurs de sa jeunesse : une façon de se réapproprier ses origines.

Ce fut aussi l'occasion de leur éternelle discussion sur les fèves. Patrick affirmait que les fèves étaient plutôt des pois et qu'elles n'avaient rien à voir avec les haricots qu'on servait, au Québec, sous ce nom. Ce genre de badinage leur donnait vraiment le sentiment de se retrouver, enfin seuls tous les deux, comme un couple normal.

Le lendemain, Linda téléphone à son père à bord de l'*Oannès*. Avec chaleur, elle s'informe de l'état de santé de chacun et, plus particulièrement, des nouvelles expériences de marin de Stéphane et d'Audrey, communique les dernières nouvelles et se réjouit de les retrouver bientôt. Kevin lui annonce, en effet, qu'ils seront à Montréal d'ici deux jours et qu'en attendant il leur recommande de continuer à prendre la vie du bon côté. Ce qu'ils font. La tournée des amis perdus de vue, les balades et le repos occupent tout leur temps.

L'*Oannès* ne doit plus être très loin lorsqu'un message s'affiche sur l'ordinateur des Lemoyne. Il provient de Bular :

Comme vous êtes au Québec, si vous en avez le loisir, pourriez-vous vous intéresser aux Indiens micmacs et algonquins ? J'ai entendu parler d'une légende concernant des « roches qui enseignent ». Voyez si vous trouvez quelque chose dans ce sens.

Je crois savoir qu'il y a de grandes fêtes amérindiennes ces temps-ci. Vous aurez certainement l'occasion d'y rencontrer des gens capables de vous informer.

— Je savais bien qu'il avait une idée derrière la tête, celui-là, marmonna Linda. Jamais rien de gratuit avec lui !

— Et si on l'ignorait? proposa Patrick.

— C'est une idée mais, d'un autre côté, il nous a toujours indiqué de bonnes pistes qui nous ont menés à des découvertes intéressantes.

— D'accord, d'accord. Alors quelles sont les festivités amérindiennes à venir?

Ils consultent diverses revues et interrogent l'Internet:

— Eh bien, parmi les plus importantes, il y a le grand Pow-Wow et le Jour du Traité.

— On choisira plus tard. Pour l'instant, allons chercher nos rejetons. Ils devraient arriver d'un moment à l'autre.

Ils prennent un taxi et se font conduire dans le vieux port de Montréal. Au cœur des anciens bassins qui, naguère, accueillaient les énormes transporteurs, se trouve aujourd'hui une marina très fréquentée, tant par les marins québécois que canadiens ou américains.

Patrick et Linda se fraient un chemin dans la foule dense qui se presse dans le port. Mille activités s'offrent aux badauds, du festival Juste pour rire aux séances Imax, en passant par les bouquinistes et les spectacles de magie.

Ils descendent la longue passerelle de bois qui mène aux quais, au moment même où le trimaran de Kevin apparaît au bout de la jetée.

Filant sur son erre, le voilier vient accoster doucement. Stéphane, souplement, saute sur le ponton et arrime le bateau à un taquet. Non loin, une jeune fille s'est retournée pour admirer son corps athlétique de jeune asiatique. Mais l'approche de Patrick et Linda la fait s'éloigner, comme à regret.

— Bravo, marin! On voit que tu as pris de l'expérience.

Stéphane se retourne et, tout souriant, s'approche de ses parents adoptifs.

— Maman! Patrick! Ça, c'est une surprise! Kevin ne nous avait pas dit que vous seriez là.

— Hé! c'est vous! crie Audrey en bondissant sur l'un des filets qui unit les flotteurs au corps du bateau.

Elle embrasse ses parents avec fougue.

— On a fait une balade super! Vous auriez dû voir les bélugas!

Kevin et Laurence débarquent à leur tour et participent aux embrassades.

— Dites donc, j'ai une petite faim, moi, dit Kevin.

— Ce ne sont pas les restaurants qui manquent dans le coin.

Laurence lève les yeux vers les quais, bondés de touristes et de vacanciers.

— Oh! là! là! Qu'est-ce qu'il y a comme monde!

— C'est l'été, maman, dit Linda, mais c'est vrai que ça change après le fleuve. Nous aussi, on a eu un choc en revenant du désert.

— Bon! Eh bien, monde ou pas monde, j'ai faim! s'écrie Kevin.

Un moment plus tard, ils se retrouvent sur une terrasse à l'arrière d'un restaurant de la place Jacques-Cartier, confortablement installés sous une vigne sauvage qui court sur des treillis. Là, le bruit de la foule se perd dans le lointain, comme un bourdonnement de vagues. Ils se racontent leurs dernières journées. Stéphane, un peu mélancolique, demande des nouvelles de Malika*.

— Elle va bien, Stéphane. Elle nous a d'ailleurs chargés de te rapporter un cadeau.

— Ah oui! C'est quoi?

— C'est un cadeau, Stèph, je ne sais pas. Tu le développeras toi-même.

— Et comment se fait-il que vous soyez rentrés si tôt?

---

* Lire *La formule de mort*, dans la même série.

— Eh bien, ce cher Bular nous a offert des vacances. Remarque qu'il s'est empressé de nous télécopier une requête, trois jours après notre arrivée.

— C'est un exploiteur, ce type !

— Peut-être mais, grâce à lui, on ne s'ennuie jamais. Il voudrait que l'on se rende chez les Amérindiens pour en apprendre plus sur les Algonquins.

Cette fois, Kevin éclate de rire. Pour lui, la demande de Bular est totalement irréaliste, les Algonquins regroupant des dizaines de tribus à travers tout le Canada.

— Au moins, c'est vaste comme sujet ! Qu'est-ce qu'il cherche ?

— Apparemment, il n'en sait trop rien. Cette fois il parle de légendes et il nous invite à nous renseigner sur les fêtes amérindiennes.

— Tel que je le connais, il doit avoir une idée tordue dans son gros crâne, suppute Patrick.

— Remarquez que vous tombez bien. C'est le Jour du Traité, dans quelques jours.

— C'est quoi, ça ? demande Audrey.

— Il s'agit de cérémonies issues d'une vieille tradition d'échange de signes de paix, entre les autochtones et le gouvernement fédéral depuis la fin des guerres. Pour l'occasion, les policiers de la Gendarmerie royale revêtent leurs costumes rouges de parade, celui de la police montée, et les Amérindiens sont en grande tenue. Les Blancs remettent à leur chef un billet symbolique de cinq dollars et celui-ci leur offre en retour une *Wampum belt*, une ceinture perlée fabriquée suivant une coutume très ancienne.

— Tu parles d'un échange, c'est encore une arnaque des Blancs !

— C'est une cérémonie, pas un acte politique, Stéphane. Tu vois, contrairement à ceux des États-Unis, les Amérindiens du Canada n'ont généralement pas été vaincus militairement. Il y a eu des négociations, des centaines de traités. De nos jours, ils reprennent tranquillement tout à la fois leur place et leurs forces. Ils deviennent de véritables hommes d'affaires adaptés aux techniques des Blancs. Mais leur plus grande victoire, je crois, c'est l'intérêt grandissant des Blancs, justement, pour leurs traditions. Certains, aujourd'hui, cherchent à mieux les comprendre.

— On va pouvoir participer à de vraies cérémonies, pas des trucs à touristes ? demande Stéphane, déjà emballé à l'idée de connaître la vie sous un wigwam.

Kevin a un petit sourire.

— Cette année est exceptionnelle, car le Jour du Traité se déroule en territoire amérindien et non en terre fédérale. Vous allez contacter un bon ami à moi, Willy Kwomada. C'est un homme charmant qui va pouvoir vous guider. Je vous rejoindrai par bateau.

— Tu connais des chefs amérindiens, toi ? s'étonne Audrey. Avec les plumes et tout...

— Eh bien, disons que, grâce à mes travaux, j'ai eu l'occasion de participer à des fouilles sur les territoires des Six Nations et que cela m'a permis de créer quelques liens. Mais tu sais, les Amérindiens d'aujourd'hui vivent dans des maisons et se déplacent en voiture. Il n'y a que lors des fêtes qu'ils revêtent leurs costumes folkloriques, comme les Bretons, les Québécois, les Belges ou les Écossais.

Stéphane semble déçu de cet état de fait.

— Ah!...

— Grand-père, comment pouvais-tu effectuer des fouilles alors que les Amérindiens étaient des nomades, non ? questionne Audrey.

— En effet! Cependant, la culture amérindienne est beaucoup plus complexe que tu ne sembles le croire. Il y a au Canada des sites dont on ne parle jamais, mais qui sont aussi extraordinaires que les menhirs d'Obélix.

— Arrête! Tu es en train de te ficher de nous, là!

— Mais pas du tout! As-tu déjà entendu parler de la gigantesque tortue géante qui se trouve à l'ouest de la ville de Minton, en Saskatchewan.

— Non. C'est quoi?

— Et bien, c'est une tortue dessinée sur le sol, qui mesure quarante et un mètres dans sa partie la plus longue. Elle date de plusieurs siècles. On pense qu'elle symbolisait la bravoure chez les Indiens sauteaux, mais certains archéologues croient aujourd'hui qu'elle pourrait être d'origine chinoise.

— Des Chinois au Canada! Là, tu te paies vraiment notre tête, ça se saurait!

— Ça se sait, mais ce ne sont encore que des hypothèses de travail. Certains de mes collègues ont en effet découvert les traces d'expéditions chinoises qui remonteraient à plusieurs milliers d'années. Elles sont surtout concentrées sur l'ouest du Canada et des États-Unis, jusqu'en Californie. On a même retrouvé des stocks de sandales dans une grotte.

Audrey et Stéphane observent leur grand-père, hésitant encore entre le croire ou non. Mais Kevin semble très sérieux, comme chaque fois qu'un sujet le passionne.

— Mais pourquoi venaient-ils jusque-là ?

— Ils étaient à la recherche de minerais et de métaux précieux. Ils auraient fait quelques incursions vers l'est, jusqu'en Saskatchewan, et peut-être plus loin. Mais on n'en a pas encore de preuves, actuellement.

— Ah bien, ça !

— Vous êtes incroyables, vous les archéologues, historiens et tout le reste, proteste Stéphane. Tu nous racontes ces trucs-là mais, à l'école, on ne nous en parle jamais. Les profs, ils en sont encore aux pêcheurs basques, aux Vikings et à Jacques Cartier.

— C'est normal, ce sont des recherches très longues et puis il y a des enjeux politiques. Tout le monde sait que les Vikings, les Bretons, les Basques et même quelques Corses, sont venus au Québec bien avant Jacques Cartier. Mais les spécialistes doivent choisir un moment particulier de l'histoire avec ses conséquences : installations physiques, immigration massive, pour que les données soient retenues. Enfin, c'est compliqué. Et puis, à ce moment-là, le monde occidental se partageait principalement entre Espagnols, Anglais et Français, chacun ayant son orgueil et ses colonies à fonder. Sans compter les Hollandais et les Portugais qui s'établissaient eux-aussi.

— Ouais! L'histoire officielle et la véritable histoire : toujours pareil! Mais, finalement, on ne connaît jamais la vérité, avec cette façon de voir.

— Ça, je suis d'accord, mais tout cela est relativement récent. Tu sais, trois ou quatre cents ans, ce n'est pas grand-chose dans l'histoire de la planète.

— Exact, l'évolution est lente. Surtout lorsque tu constates que, dans certains pays, les femmes n'ont le droit de vote que depuis une trentaine d'années, et que, dans d'autres, elles le revendiquent encore, renchérit Linda.

4

*D*ans la lumière blafarde du petit matin, les phares d'un bulldozer tentent de percer le brouillard qui couvre le chantier de la future route. Cette voie nouvelle doit mener à un vaste développement domiciliaire haut de gamme, doté d'un aéro-club privé. Un des plus chic d'Ontario et peut-être même du Canada.

Sur le terrain, l'ambiance est très tendue, car la compagnie de construction Ardberg commence à empiéter sur un territoire sacré. En effet, situé en face de la réserve Wikwemikong, sur l'île Manitoulin, à proximité de Killarney, au bord de la baie Georgienne, s'étend un cimetière où les ancêtres des occupants de la réserve sont enterrés.

En réaction, une délégation d'Amérindiens est venue protester contre cette profanation. Elle est dirigée par Pevek, un leader autochtone et un ardent défenseur des traditions amérindiennes. Elle exige que la route fasse un détour pour laisser en paix l'esprit de leurs ancêtres. Bien sûr, la compagnie, elle, n'est guère ouverte à l'idée de dépenser quelques millions supplémentaires, si bien qu'elle a fait appel à la police autochtone et à la Gendarmerie royale pour tenter de contenir les manifestants.

Pevek, un solide gaillard, bâti comme un bûcheron, tente d'amorcer le dialogue avec le contremaître, mais ce dernier ne veut rien entendre, car ce n'est pas lui qui décide. Il fait signe à l'excavatrice d'avancer. Le chauffeur actionne les manettes et l'engin fait un bond en avant, déchirant la terre. C'est alors que, soudain, sous la poussée de la pelle, apparaissent des ossements et quelques objets, dont un pectoral en or. Aussitôt, le contremaître ordonne l'arrêt du bulldozer. Il se penche et ramasse le pectoral qui porte, gravée, l'image d'un casque espagnol : un morion.

Avant qu'il ait le temps d'examiner l'objet plus à fond, Pevek bondit vers lui, écartant les policiers. Il est aussitôt suivi de ses compagnons qui forcent le barrage. Pevek s'empare du pectoral et le lève vers le ciel, le montrant à tous en invoquant les esprits des ancêtres. Une clameur accueille son geste. Dans la lueur des phares, la veste de cuir de Pevek, ornée de dessins brodés, fait l'effet d'un drapeau qui rallie les manifestants. Tout, dans l'attitude des Amérindiens, s'oppose désormais à la poursuite des travaux. Sentant que la violence risque d'éclater, le contremaître décide de suspendre l'avancée des excavatrices et d'en référer à ses patrons. De gros capitaux sont en jeu et il se doit d'agir avec la plus grande circonspection.

Les engins reculent, suivis par les policiers dont le repli est salué par un grand cri de victoire. Un des Amérindiens s'est approché de Pevek et prend le pectoral qu'il examine. À l'endos un nom est gravé : Don Felipe Da Gozal.

— Ce bijou a peut-être le pouvoir de nous faire remporter une victoire, Pevek.

— Que le Grand Esprit t'entende, Salked ! Ils ne renonceront pas facilement.

— Peut-être n'avons nous pas la bonne façon d'agir, répond Salked avant de s'éloigner, suivi du regard par Pevek, intrigué.

Plus tard, en France, la sonnerie d'un téléphone fait sursauter Érasme Bular, toujours
dans son bureau malgré l'heure tardive. Il
décroche et écoute avec attention avant de
répondre :

— Vous êtes certain de l'inscription,
Salked ? Vous l'avez vue… ! Qu'ils ne tou-
chent plus à rien, je vais envoyer quelqu'un !… Oui, je sais que c'est beaucoup de
travail… Oui, vous aurez votre argent, mais
débrouillez-vous pour retarder les travaux !

Bular raccroche. Salked est l'un des
nombreux informateurs qu'il paie, un peu
partout dans le monde, pour être à l'affût
de toute information concernant un fait
historique ou une hypothèse inédite.

Ce pectoral, appartenant à Da Gozal,
vient confirmer les dernières hypothèses de
Desquand. Don Felipe est bien passé par
là, sur les bords du lac Huron. Salked va
devoir faire preuve d'imagination pour
empêcher les bulldozers de ravager le site.
Mais Bular à besoin d'un peu de temps
pour agir officiellement. Il se tourne vers le

portrait d'un vieil hidalgo en costume du XVIe siècle, trônant derrière son bureau, et le fixe comme un adversaire à combattre.

«Don Felipe Da Gozal, je te retrouve enfin! Nous avons reconnu ta marque. Maintenant que je sais où tu étais, nous allons pouvoir plus facilement découvrir ces «roches qui enseignent». Et, cette fois, je te jure bien que je t'arracherai tes secrets...!»

Un petit sourire aux lèvres, il décroche le téléphone dans le but de convoquer Renaud Vital. Il va avoir besoin de son sens de la diplomatie.

C'est donc dans un climat lourd et hostile que Linda, Patrick, Audrey et Stéphane arrivent en Ontario. Ils ont fait le trajet à bord du King Air, puis loué une Buick vert chasseur un peu bosselée, car, en raison de l'effervescence qui agite la région, le choix de véhicules disponibles devient restreint.

Ils élisent domicile dans un motel de Manitowaning, à proximité de la réserve de Wikwemikong, sur l'île Manitoulin. Les relations de Kevin ont fait merveille. Les Lemoyne ont donc choisi de se loger le plus près possible du lieu des cérémonies. Exceptionnellement, cette année, le Jour du Traité se tient en territoire amérindien, entre le lac Huron et la baie Georgienne, où des dizaines de petites îles s'égrènent sur les eaux.

Ils commencent par défaire leurs bagages et s'installer. Stéphane se décide enfin à ouvrir le petit paquet de Malika*. Il a hésité jusque-là, craignant un peu ce qu'il y trouverait. Il s'enferme dans les toilettes pour ne pas être dérangé. Dans une boîte de carton se trouve tout d'abord une petite lettre. Avec émotion, il déplie la feuille et lit l'écriture fine et serrée de Malika :

Bonjour, Stéphane,

Je ne suis pas très douée pour écrire, alors je serai brève. Je te fais parvenir un djambia, tu adores ces poignards. C'est Suliman qui me l'a laissé pour toi. Il a été spécialement forgé à ton intention.

Suliman m'a dit que, pour lui, ce poignard est le symbole de l'homme, dans toute l'acception du terme, et que tu es digne de ce nom.

Quant à moi, je continue mes cours par correspondance et je rêve toujours des forêts qui, peut-être, t'entourent en ce moment.

J'espère te revoir bientôt.

J'ai hâte que passent les deux prochaines années, que je sois majeure, afin de pouvoir enfin voler de mes propres ailes. J'aimerais

---

* Lire *La formule de mort*, dans la même série.

beaucoup que nous restions en contact. Nous verrons bien où la vie nous mènera. Je t'envoie aussi quelques photos de nous tous et une de moi, que tu garderas peut-être.

Je t'embrasse.

Malika

Stéphane ressent un petit serrement de cœur en lisant cette lettre simple mais si pleine de sous-entendus. La photo du visage de Malika fait remonter en lui bien des émotions. Il revoit le Yémen et les souterrains où, avec elle, il a découvert la statue de la reine de Saba et puis le petit village où ils ont côtoyé cette terrible épidémie. Et puis, surtout, ces baisers échangés discrètement. Il espère la revoir un jour mais, en même temps, il se trouve «bizarrement fait», car il se surprend à rêver déjà de celle qu'il rencontrera peut-être ici.

«Je ne dois pas être normal, moi, toujours en train d'espérer quelqu'un d'autre.»

Il ouvre alors la boîte pour admirer le djambia choisi par Suliman. La lame en est bien trempée et soigneusement aiguisée : une merveille. À cet instant, Audrey frappe à la porte.

— Hé ! tu viens ! On s'en va visiter un peu le site des fêtes.

— J'arrive !

Comme depuis plus de cent ans, des wigwams et des maisons longues se dressent
partout sur un immense site. Mais il s'agit
surtout d'un «cœur» voué aux traditions
car, tout autour, s'alignent des caravanes et
des Winabago modernes, dotés de tout le
confort. Ceux qui ne possèdent pas de tels
véhicules logent tout simplement à l'hôtel
ou sur leurs bateaux.

Déjà habituée à recevoir chaque année
des représentants des Premières Nations
pour un Pow-Wow qui attire des inter-
prètes de toute l'Amérique du Nord, l'île se
prépare pour l'occasion à accueillir le double
de visiteurs.

Partout sur le site, des gens se rassemblent. Le caractère exceptionnel du lieu
choisi attire des Amérindiens de toutes les
tribus. Ils sont parfois venus de très loin,
depuis la «Nord-Ontarie», le «Moyen
Québec», «l'Acadie», «les Maritimes mic-
maques» et les «USA franco-sauvages». Il y
a là des Montagnais, des Hurons, des Têtes-
de-Boules, des Mohawks, des Ojibwés, des
Pénobscots, des Algonquins. Le «mocassin

télégraphe », comme ils disent, semble avoir très bien fonctionné.

Les Lemoyne se rendent sous un grand tipi pour y rencontrer le chef spirituel des Algonquins d'Amérique, Willy Kwomada. C'est un homme de bonne taille, fort et massif, au visage buriné, doté d'un long nez aquilin et dont les yeux noirs pétillent de malice.

À l'évocation du nom de Kevin, Willy les invite aussitôt à assister à ses côtés au Jour du Traité qui aura lieu quatre jours plus tard.

— Kevin ne pourra pas venir ? demande-t-il.

— Il arrive en bateau avec Laurence, ce qui va lui prendre un peu plus de temps. On a toujours du mal à lui faire quitter son trimaran.

— Je comprends. Moi, je ne me sens vraiment bien que dans mon canoë ou dans les bois. Malheureusement, mes fonctions me font surtout fréquenter des bureaux administratifs, ce qui relève plutôt de la navigation en eaux troubles.

Ils éclatent de rire à cette métaphore. Audrey et Stéphane, qui furètent sous l'immense tente de cérémonie, se sont arrêtés devant une vitrine cubique scellée et soigneusement surveillée par deux policiers amérindiens aux allures farouches. Plusieurs papiers y sont exposés, ainsi qu'une ceinture de perles colorées.

En compagnie de Linda et de Patrick, Willy s'approche d'eux.

— Ce que vous voyez là, hormis les accords écrits et officiels, se trouve être le symbole des nations amérindiennes.

— Cette ceinture ? demande Stéphane.

— Oui ! C'est notre part du traité : la *Wampum belt.*

— Elle représente quoi ?

— Notre passé. Tous les dessins géométriques et stylisés qui y figurent évoquent une étape ou un événement particulier de notre histoire qu'on tient à jour, si je puis dire, depuis des siècles. Mais je crois que la meilleure manière d'en comprendre l'importance, c'est de venir ce soir, ici même. Vous pourrez assister au début d'une cérémonie ancestrale. La suite est réservée à ceux de mon peuple, mais je crois que vous ressentiriez plus de choses si je vous racontais simplement l'histoire. Cette ceinture est, avant toute chose, l'émotion d'un peuple.

Fidèle à son habitude, Patrick sort ses appareils photo et commence à immortaliser tout ce qu'il voit, tant sous la tente qu'à l'extérieur. Il est certain déjà de pouvoir vendre quelques clichés étonnants à des journaux et des magazines d'Europe.

Linda, quant à elle, s'intéresse particulièrement à des artefacts anciens, également exposés, et entame la conversation avec un spécialiste.

À cet instant, un adolescent pénètre sous la tente, le garde à l'entrée s'inclinant discrètement sur son passage. Willy qui l'aperçoit lui fait signe de le rejoindre et le présente à Audrey et Stéphane.

— Je vous présente Makinac, sur qui nous fondons beaucoup d'espoir. Je crois qu'il pourrait vous montrer, sans doute mieux que moi, des choses qui intéresseront des jeunes de votre âge. Makinac, voici Audrey et Stéphane, les petits-enfants d'un de mes grands amis.

Audrey est tout de suite fascinée par le garçon. Le visage très typé aux pommettes saillantes, les cheveux corbeau et le teint cuivré, Makinac ne pourrait en aucun cas nier ses origines, malgré ses vêtements tout à fait occidentaux. Âgé de quinze ans, il est doté d'un caractère enjoué et rieur mais qui, souvent, devient d'un sérieux étonnant, transformant son visage en un bloc erratique. «Il a une allure folle», songe Audrey.

La journée se poursuit donc en discussions fructueuses et en festivités auxquelles les adolescents participent avec entrain. Ils font la connaissance de plusieurs jeunes de leur âge. Makinac devient très vite un ami indispensable.

Tous trois explorent d'abord le périmètre réservé à l'événement. Si une partie est vouée aux conférences et aux échanges officiels, une autre est ouverte aux touristes, de nombreux kiosques d'artisanat offrant leurs marchandises aux badauds.

Stéphane tombe en arrêt devant l'étal d'un tanneur et décide tout de go de s'acheter un pantalon en peau de daim, dont il trouve la texture étonnamment agréable au toucher. Il aimerait bien aussi une veste et des mocassins, mais il hésite. Makinac l'arrête en riant.

— Tu n'as pas besoin de te déguiser. Je crois qu'il y a un dicton blanc qui dit que « l'habit ne fait pas le moine ».

— Je suis d'accord, mais c'est super chouette, ces vêtements !

— Laisse-moi te montrer quelque chose. Ici, il vaut mieux être qui tu es vraiment, sinon on va te prendre pour ce que tu n'es pas.

— Jolie lapalissade ! apprécie Audrey avec un sourire.

Cherchant quelque chose des yeux, Makinac les entraîne de nouveau dans la foule qui se presse entre les tentes et les maisons longues. Il s'arrête d'un coup au milieu de la cohue et, du doigt, désigne un homme occupé à marchander une couverture au tissage coloré. L'homme est complètement vêtu à l'indienne.

— Tiens! Je savais bien qu'on n'aurait pas à aller bien loin. Tu vois ce type, là?

— Oui, et alors?

— C'est un Wanabee.

— C'est une tribu qui vient d'où? s'informe Stéphane.

Makinac éclate de rire.

— Wanabee, ce n'est pas une tribu, ça vient de l'anglais «want-to-be». C'est quelqu'un qui veut paraître, qui se donne des allures d'Amérindien, mais qui n'en est pas un. Tout ce qu'il veut, c'est profiter des avantages des réserves: le prix de l'essence, l'exemption d'impôt, tout ça... Si tu essaies de t'habiller comme nous, tu passeras aussi pour un Wanabee.

Stéphane fait la grimace. Il n'a pas du tout l'intention qu'on le prenne pour un profiteur.

— Je crois que j'ai compris. Et il y en a beaucoup comme lui?

— Des tas ! C'est une autre façon de nous exploiter, mais les Six Nations commencent à relever la tête. Nous utilisons les armes des Blancs, aujourd'hui.

Surprise par cette sortie, Audrey dévisage Makimac avec admiration. Il se tient très droit, l'air farouche. À travers lui, elle devine les guerriers que devaient être ses ancêtres. Elle comprend que Makimac, qui n'a pas seize ans, est en révolte. Audrey le trouve soudain très beau, tandis que Stéphane, songeur, regarde autour de lui.

— Dis donc, avec les costumes traditionnels, beaucoup de gens portent aussi des couteaux. Tu penses que je le pourrais aussi ?

— Pourquoi veux-tu porter un poignard ?

— Parce que j'en ai reçu un en cadeau. C'est un djambia, il vient du Yémen, et je n'aurai peut-être jamais l'occasion de le porter vraiment.

— Ce qu'il ne dit pas, c'est qu'au Yémen les djambia sont la preuve que tu es un homme et il veut se faire mousser.

— Oh toi, hein !

Makinac la regarde, l'air sérieux, et répond :

— Peut-être que si on le lui a donné, c'est parce qu'il est un homme. Chez nous, ce n'est pas une question d'âge.

— Merci, Makinac.

— On sait bien, vous les garçons, vous vous soutenez tout le temps.

Makinac la regarde droit dans les yeux, avec une certaine gravité sur le visage, ses pupilles exprimant quelque chose de si profond, de si complexe, qu'il paraît soudain beaucoup plus vieux que son âge.

— Ce n'était pas le sens de ma réponse, Audrey.

— Je sais…

Audrey baisse la tête, avec un petit pincement au cœur. Elle n'aime pas se faire remettre à sa place comme ça, mais elle se rend compte, en même temps, qu'il vient de lui révéler quelque chose de lui. Il n'est pas superficiel, il accorde de l'importance à l'attitude, à la façon de se comporter et au potentiel des gens. Elle décide de faire attention, surtout pour ne pas décevoir Makinac, que, décidément, elle trouve vraiment de son goût.

— À quoi ça ressemble, ton djambia ?

— Viens, je vais te montrer.

Ils filent au motel et Stéphane sort de son sac le magnifique djambia que Malika lui a envoyé de la part de Suliman. Le manche est incrusté d'ivoire et de parcelles d'or. Quant au fourreau de bois, il est recouvert d'un tissu feutré bleu sombre et terminé par une pointe d'argent ciselée.

— Il est magnifique, Stéphane !

— Merci. Ça ressemble à un couteau de parade, mais là-bas les gens les aiment comme ça.

Makinac retire le poignard de son étui pour en admirer la lame bien trempée et tranchante. Très fier, Stéphane fixe le djambia à sa ceinture, et les voilà repartis.

Le soir venu, avec Linda et Patrick, ils se rendent à la tente de cérémonie pour participer au début de la soirée à laquelle les a conviés Willy Kwomada. Une cinquantaine d'Amérindiens de plusieurs clans sont présents, dont quelques adolescents parmi lesquels Audrey, Stéphane et Makinac.

Il est évident qu'il ne s'agit pas d'une simple soirée entre amis. Dès la nuit tombée, alors que tous les participants sont assis sur de grandes peaux de loup, d'ours ou d'orignal, les vieux entonnent les chants traditionnels. Trois jeunes, en grande tenue, commencent à danser. Leurs costumes rouges, blancs ou noirs, bardés de plumes et de perles, représentent symboliquement certains dieux-animaux protecteurs. Ils sont aussi identifiés par des masques partiels que les danseurs portent sur le sommet du crâne.

Les tambours et tambourins émettent de longs roulements rythmés qui arrachent des frissons. La musique et les voix ont un effet envoûtant qui provoque lentement une sorte d'état d'exaltation, presque de transe collective.

Avec des gestes mesurés, Willy sort la *Wampum belt* de sa cage de verre et l'apporte au milieu des siens. Il la manipule avec précaution, car elle est le symbole de leurs croyances. À première vue, la ceinture semble simplement une pièce d'artisanat faite de perles de couleur enfilées avec soin et rassemblées en figures géométriques. Mais, pour eux, elle représente bien plus. Willy s'avance au milieu des participants.

Un vieillard se lève et fend alors le cercle pour s'approcher du centre à son tour. Il porte un calumet posé sur une couverture chatoyante et se place auprès de Willy. Makinac tente d'expliquer ce qui se passe à ses nouveaux amis :

— La *Wampum belt* représente la cinquième direction, la plus importante pour nous. Les dessins changent suivant la région où elle est fabriquée, pour indiquer toujours une même voie. Elle est la sœur du calumet. Lui, vient de l'air ; elle, de la mer. Il faut les rassembler pour que la cérémonie puisse commencer. Chaque perle, chaque dessin, a un sens, c'est comme un livre. Le calumet est le chemin, la *Wampum* est le but.

Stéphane et Audrey écoutent, mais ne comprennent pas un traître mot de ce que leur raconte Makimac.

À cet instant, un troisième Amérindien à l'âge vénérable se lève avec difficulté et, restant à sa place, parle d'une voix rauque. Du mieux qu'il peut, Makimac traduit pour ses amis :

« Frères, voici le signe. Les ceintures de *Wampum* appartiennent à tous ceux qui veulent toucher l'esprit ; à tous ceux qui en font lecture de la paume de leur main ; à tous ceux qui veulent toucher le cosmos.

« Ces ceintures ont cent ans.

« Ces ceintures ont mille ans.

« Ces ceintures ont dix mille ans.

« Ces ceintures sont d'avant le temps.

« Ces ceintures sont de toutes les espèces.

« Ces ceintures se prolongent dans l'avenir et nous indiquent la voie à suivre.

« Elles parlent de la naissance des clans.

« Le rassemblement de leurs perles prophétise l'avenir.

« Frères, toutes les nations sont ces perles. »

Un autre Amérindien, lui aussi assez vieux, se dresse et prend la parole :

« Tous nos peuples sont issus des quatre grandes espèces : les nageants, les rampants, les marchants, les volants, et des quatre voies : le levant, le couchant, la forêt, la neige, mais nous sommes issus aussi d'un ailleurs qui les transcende tous. La *Wampum* est la cinquième direction. Elle nous entraîne vers la voie lactée, au-delà du mur du temps ; elle nous conduit vers l'Être lui-même. »

Les Lemoyne ont conscience de capter un peu de l'essence de ce peuple, en s'imprégnant de sa tradition. Mais comme ces symboles ne leur disent pas grand-chose, ils tentent simplement de ressentir l'émotion qui se dégage des membres du groupe et d'éprouver cette osmose qui les fait communier.

Le vieil homme se rassoit et, cette fois, c'est le calumet qui se met à circuler de main en main avec un respect évident pour ce qu'il représente. Makimac fait signe à ses amis qu'il leur faut sortir : la suite de la cérémonie n'est pas pour eux.

Un peu à contrecœur, Stéphane, Audrey et leurs parents quittent la tente.

Le lendemain, alors que les Lemoyne poursuivent leur exploration du site, chacun de leur côté, Salked s'apprête à passer à l'action. Il a bien réfléchi à la manière d'interrompre les travaux sur le chantier.

Si la trouvaille du pectoral a permis l'arrêt provisoire du chantier, l'intervention de Bular et de sa Fondation, en vue d'y effectuer des fouilles, devrait retarder indéfiniment les travaux de construction. Mais les investisseurs, eux aussi, pèsent lourd. Ils disposent de personnes bien placées et de beaucoup d'argent.

Au terme de ses réflexions, Salked en est arrivé à la conclusion que seule une levée de boucliers des Six Nations peut offrir une solution durable. Le Jour du Traité est l'occasion unique. Si la *Wampum belt* disparaît, tous les Amérindiens vont faire bloc et cela se répercutera aussitôt sur le chantier. Sa décision est prise.

Après avoir stationné son camion, il s'approche du tipi de cérémonie. Des gardes surveillent avec soin les alentours de la tente. Étant un proche de Pevek, on ne lui demande rien, sinon de se plier à la fouille de rigueur tant à l'entrée qu'à la sortie. Des touristes et des familiers sont là. Il attend donc d'être seul et agit avec rapidité. Son objectif est simple : faire disparaître la *Wampum belt* juste le temps nécessaire pour provoquer une réaction en chaîne. Son plan a été approuvé par Bular et il a été décidé que ce serait son assistant, Renaud Vital, qui, officiellement, retrouverait la précieuse ceinture.

Il ne reste plus à Salked qu'à la dissimuler avant de se rendre normalement à son travail, puis de rejoindre Vital à qui il révélera la cache, en échange d'une grosse somme d'argent. Après quoi il réalisera un vieux rêve : s'acheter un ranch au Mexique.

Vers le milieu de l'après-midi, on tambourine impatiemment à la porte de la maison de Willy Kwomada. Ce dernier ouvre à la volée, bien décidé à tempérer les humeurs de l'importun. Il découvre un gamin de douze ans qui lâche dans un souffle :

— Chef, on a volé la *Wampum*!

— Quoi ?

Il rentre aussitôt pour s'emparer du téléphone et convoquer une réunion d'urgence de tous les responsables. Mais la nouvelle de la disparition du symbole de paix se répand comme une traînée de poudre. Bientôt, tout le village est en émoi. Ce vol est perçu comme un véritable sacrilège.

Aidée des gardiens de la paix amérindiens, la police interroge toute la communauté. Bien des conflits anciens resurgissent, comme Salked l'avait prévu. Considérant la volonté actuelle des Algonquins de recouvrer une partie de leurs terres ancestrales dédiées aux morts, la disparition de la ceinture sacrée pourrait être interprétée comme une provocation, une revanche des Blancs envers les autochtones. Les événements récents et les découvertes survenus sur le chantier font l'effet d'une bombe à retardement.

D'un autre côté, beaucoup de jeunes et d'hommes d'âge moyen considèrent que le Jour du Traité devrait disparaître. Pour eux, il s'agit d'un signe d'allégeance qui n'a plus cours. Les clans des Six Nations représentent maintenant une force indépendante et ils désirent récupérer leurs territoires d'antan.

Après tout, le Blanc est un envahisseur et n'a aucun droit sur eux. Pour les premiers peuples, la Terre n'appartient à personne, l'homme est une partie de la Terre et doit vivre en harmonie avec elle. Seul le Blanc s'imagine qu'il peut posséder la Terre.

Willy tente de calmer tout le monde et exige que les préparatifs de la cérémonie se poursuivent normalement.

Dès qu'ils sont au courant du vol, Audrey et Stéphane, en compagnie de Makinac, décident de se lancer dans l'aventure et de chercher une piste bien à eux. Tout d'abord, ils vont interroger les jeunes de leur âge.

Makimac les emmène vers un centre sportif où, fidèles aux consignes de Willy, des adolescents de dix à seize ans, en costumes traditionnels, continuent de répéter une danse et un chant destinés à promouvoir le retour à l'école. D'autres, portant des t-shirts arborant le slogan *Stay in school*, les encouragent.

Un petit orchestre, formé de tambours, de tambourins et de guitares, accompagne trois chanteurs qui rythment la danse. Les jeunes, portant sur les bras des plumes qui

figurent des ailes, piétinent le sol en ca-
dence, pendant que s'égrènent les paroles
du producteur québécois, G. Trépannier, en
faveur du retour à l'école. Sur un écran
géant défilent les images d'un clip que les
danseurs imitent sur le plateau, tandis que
résonnent les paroles:

Enfant de la terre
Enfant de la paix
Enfant du soleil et de la lumière
Enfant de l'amour
Enfant de la vie
Enfant de la terre sans frontière

Ton avenir t'appartient
Accroche-toi à tes rêves
Aie confiance dans tes moyens
Poursuis ton chemin…

Profitant d'une pause, ils questionnent
les jeunes qui, malheureusement, malgré
leur volonté d'aider, n'ont rien vu. Un peu
déçus, ils ressortent afin de reprendre tout
depuis le début.

L'espace autour de la tente de cérémonie grouille de policiers. Les trois amis
se disent qu'ils ne pourront rien tirer des
traces laissées sur le sol. Il y a maintenant
trop d'empreintes de toutes sortes.

Makinac propose d'aller consulter le chaman, une sorte de sorcier qui a des pouvoirs particuliers et qui conseille le peuple. Habituellement, il vit retiré dans les bois et ne fait que quelques rares apparitions au cours de rassemblements comme celui-ci. Actuellement, il réside sous un modeste wigwam, en bordure du site.

C'est ainsi qu'Audrey et Stéphane font la connaissance de Tohumac, un vieil Amérindien traditionaliste, chaman et gardien de la mémoire de son peuple. Le vieillard est un personnage étrange. Il a une peau diaphane et semble les percevoir plutôt que les voir, comme s'il était dans un état second, perdu entre deux mondes. Ses yeux brillent d'une lueur irréelle. Tohumac écoute Makinac avec soin puis, après les avoir regardés tous trois avec une intensité étonnante, prononce rapidement quelques mots en algonquin. Makinac semble surpris, mais traduit :

— Tohumac vous invite ce soir sur l'*île du Serpent de la Terre*. Il voudrait que vous soyez là, avec vos parents, pour la cérémonie de la tente tremblante.

D'un geste de la tête, Audrey et Stéphane acceptent et remercient. Une fois ressortis, ils marchent dans une allée qui serpente au milieu d'un terrain de camping hétéroclite. Audrey, consciente de l'étonnement de Makimac, lui demande:

— Tu avais l'air surpris. C'est quoi, cette cérémonie?

— Habituellement, elle est réservée aux Amérindiens, et surtout aux aînés et aux chamans. Il est très rare que d'autres y soient conviés. La tente tremblante fait peur à beaucoup de gens parce que c'est un lieu où les esprits des Anciens se manifestent. On raconte qu'en ces instants-là la tente est agitée comme par un grand vent qui viendrait de l'intérieur.

— Et l'île? Pourquoi l'appelle-t-on comme ça?

— Tout ce que j'en sais, ce sont des légendes.

— Raconte!

Makinac s'arrête, un peu à l'écart, s'accroupit et, à l'aide d'un morceau de bois qu'il vient de ramasser, dessine dans la poussière, en expliquant:

— Ici, le territoire s'appelle la réserve du Grand Esprit. Il a un peu la forme d'un long croissant de lune dont l'extérieur donne sur le lac Huron.

— C'est par là que Kevin, mon grand-père, va arriver, commente Audrey.

— Après la pointe nord, poursuit Makinac, se trouve une autre île toute ronde qui enferme un lac qu'on appelle l'Œil de la Lune. On raconte que Naskallys, une vieille femme, fille de la Lune et d'un anaconda, ne se déplaçait qu'avec son petit-fils Yurok. Un jour qu'elle était fatiguée, Yurok la prit sur son dos, mais trébucha sur un serpent. Sa grand-mère s'envola pour aller s'enfoncer dans un trou, le *tinihowi-t,* l'endroit mystérieux, au cœur d'une petite île du lac. Là, sa partie anaconda prit le dessus et elle se transforma en un reptile qui niche désormais dans l'île.

— Et Yurok ?

— Lui, il se blessa en tombant. Le serpent qui l'avait fait chuter, but un peu du sang de sa blessure. Alors, comme le disent les Anciens, si un serpent boit du sang humain, il commence à grandir et devient énorme. Il plongea dans le lac et s'y trouve encore : on l'appelle *Wakandagi*. Yurok, lui, devint un nuage qui plane au-dessus de *tinihowi-t* pour continuer d'aider sa grand-mère. Depuis, on appelle cet endroit : *l'île du Serpent de la Terre.*

— C'est une belle histoire, mais ce n'est qu'une légende.

— Mais dis donc, il n'y a pas d'anaconda au Canada ! s'exclame Stéphane.

— Je sais, mais c'est la légende. Elle vient peut être d'ailleurs. Il n'empêche qu'il se passe toujours d'étranges choses, là-bas.

— Comme quoi ?

— D'abord l'île est, comme le dit la légende, un cercle de terre entourant un lac où des chasseurs ont déjà aperçu un monstre énorme, peut-être *Wakandagi*. Les Anciens parlent aussi d'un autre monstre : *Mishipizhiw*, dans le lac Ontario. L'île qui occupe le centre du lac intérieur sert seulement aux chamans. C'est là qu'ils contactent les esprits parce que c'est un lieu protégé. Et puis, au-dessus, il y a toujours un nuage, quel que soit le temps.

— Ça, c'est étrange, approuve Stéphane. Tu crois que c'est Yurok ?

— Sans doute.

— Et c'est là-bas que tu veux qu'on aille ?

— Oui.

— T'es fou, toi ! Moi, j'aime pas ces histoires-là ! proteste Audrey.

— La vérité, c'est que ma sœur n'apprécie guère les serpents, tu vois.

— Vous ne risquez rien. Si Tohumac vous invite, vous serez protégés.

Audrey a une petite moue dubitative et ne se sent pas vraiment chaude à l'idée de traverser un lac où se cache un ophidien géant. Stéphane, au contraire, considère comme un honneur que Tohumac les ait choisis, bien qu'ils soient des Blancs.

Cette bizarre pensée le fait sourire d'un coup. Étant asiatique de naissance, son adoption l'a toujours fait réfléchir et, parfois, comme à cet instant, il ressent une sorte de distance avec sa famille, un peu comme si sa couleur de peau l'éloignait d'eux. Pendant une fraction de seconde, il se sent plus proche de Makinac que de sa sœur. Sensation éphémère qui s'estompe lorsqu'il croise le regard d'Audrey, encore un peu inquiète. Avec affection, il lui entoure les épaules de son bras et lui dépose un baiser sur la joue.

— T'en fais pas, je suis là, et il n'y a pas un serpent qui s'approchera de toi.

Le soir même, vers vingt et une heures, Makinac frappe à leur porte pour les conduire à la cérémonie.

À tout hasard, Patrick emporte un appareil photo. Il espère pouvoir faire quelques clichés, si on l'y autorise. Silencieuse, Linda est un peu tendue. Elle est tellement habituée à ne fréquenter que des lieux en ruines et des êtres réduits à l'état de squelette, que cette expérience concrète et bien vivante lui fait un peu peur. Audrey est maintenant plus calme : que Makinac affirme qu'ils sont protégés la rassure. Quant à Stéphane, il a hâte d'être au cœur de l'action et son imagination est en ébullition.

Ils montent tous dans la Buick de location et Makinac indique le chemin vers la réserve du Croissant de Lune. Elle ressemble à n'importe quel quartier de banlieue nord-américaine, avec ses maisons semblables et alignées, ses pelouses et ses autos soigneusement stationnées dans les entrées asphaltées.

Au bout de l'avenue Webbwood, la voiture débouche sur une petite marina presque déserte. Un long quai de bois forme un chemin en demi-cercle le long duquel les voiliers, chaloupes et autres bateaux sont amarrés. Seul un groupe de dix personnes, uniquement composé d'Amérindiens, attend devant cinq canoës soigneusement attachés. Makinac et la petite famille Lemoyne descendent de l'auto et s'approchent.

Sans un mot, l'un des Amérindiens, qui semble mener le groupe, leur désigne deux des embarcations. Stéphane, Audrey et Makinac grimpent dans l'une d'elles, et Linda et Patrick, dans l'autre. Des rameurs montent avec eux. Bientôt, les cinq esquifs fendent l'eau de la baie Georgienne, se dirigeant vers la pointe de la réserve du Croissant de Lune. Ils la dépassent et mettent le cap sur une île, non loin de là.

La nuit est sombre. Seul le bruit régulier des rames perce le silence. Une quinzaine de minutes plus tard, ils atteignent la berge. Les Amérindiens soulèvent les canoës et les chargent sur leurs épaules pour un portage. Dans un silence qui devient plus lourd à chaque instant, ils traversent une petite dune de sable et d'herbes sauvages, puis une langue de terre, avant de parvenir au lac intérieur de l'île. L'étendue d'eau mesure un bon kilomètre de diamètre. Les embarcations sont remises à l'eau et chacun reprend sa place. Cette étape leur fait bien sentir la géographie du lieu. Tout est comme dans la légende : une bande de terre qui ceinture un lac, rappelant la forme d'un atoll.

Cette fois, ils filent directement vers le centre du lac où la lueur rougeâtre d'un feu de bois trahit la présence de l'*île du Serpent de la Terre*. Audrey, qui renoue avec son angoisse, observe la surface de l'eau qui, ici, semble plus dense, plus obscure, et évoque une sorte de goudron mouillé.

Ils accostent et, toujours sans un mot, gagnent un terrain proche d'un cours d'eau. Là, à l'aide de pierres blanches soigneusement ramassées au cours de la journée dans le lit de la petite rivière, un cercle a été délimité avec soin.

Au centre se dresse une hutte de branchages. En silence, les Amérindiens se déshabillent, ne conservant qu'un pagne. Heureusement prévenus par Makinac, les Lemoyne ont revêtu des maillots de bain. Makinac les invite tous à entrer dans la hutte. Là, ils se trouvent devant Tohumac qui les salue. Chacun prend place autour des petites pierres qui encerclent un feu de camp. La chaleur est intense et les flammes colorent le lieu d'ombres ocres et mouvantes.

Tohumac, avec des gestes calmes et amples, jette alors dans le brasier de la sauge tressée et d'autres feuilles parfumées qu'ils ne parviennent pas identifier. Une fumée bleutée monte dans la hutte et s'échappe au-dehors par une ouverture pratiquée au sommet. Le faîte de la tente, comme leur expliquera plus tard Makimac, a le même sens que la *Wampum belt* : il symbolise la cinquième direction, celle du contact hors du temps.

Les participants commencent à psalmodier des phrases en langue abénaquise. L'un d'eux, avec une attention respectueuse, allume une longue pipe en os et la fait circuler. À tour de rôle, ils en tirent une bouffée et, d'un mouvement de la main, ramènent la fumée vers leur visage. Audrey, la première fois, manque de s'étouffer.

Bientôt, une étrange torpeur s'empare de chacun, les corps se balancent au rythme des mots. Le chaman les regarde tour à tour : il connaît le pouvoir des herbes. Son regard est de plus en plus perçant, tandis que sa silhouette devient étonnamment diffuse. Son corps paraît s'harmoniser avec une autre dimension, celle des esprits. Puis il ferme les yeux et se concentre.

Imperceptible au début, puis de plus en plus puissant, un tremblement semble agiter le sol et la hutte entière. La fumée du feu éprouve de la difficulté à s'élever et couvre les participants d'un manteau fluctuant. L'odeur des herbes devient de plus en plus prenante.

Soudain, chaque membre de la famille Lemoyne, comme sans doute chacun des participants, a des visions qui semblent toutes personnelles. Stéphane se voit sur une hauteur et, tout à coup, aperçoit un homme qui tombe, comme au ralenti. Audrey est au bord d'une rivière et des visages d'hommes armés passent devant elle. Linda tient dans ses mains un objet en or difficile à définir. Elle relève la tête et découvre un homme qui la fixe. Patrick, quant à lui, est entouré de gens qui l'applaudissent.

Dans chacune des situations, la silhouette du chaman se manifeste. Puis ils se retrouvent tous assemblés dans le même songe : devant eux, un homme apparaît. Il est vêtu à l'ancienne d'un justaucorps sur une chemise blanche, d'un pantalon bouffant et de hautes bottes. C'est un Espagnol au port de tête altier, qui leur sourit avec amitié.

L'effet des herbes, et peut-être un contact plus subtil au travers du temps, s'estompe. Ils reprennent leurs esprits, restant pourtant, encore un instant, prisonniers de l'expérience qu'ils viennent de vivre. La fumée s'est dissipée, retrouvant le chemin de la cheminée naturelle.

Dans un français hésitant, le chaman leur annonce, avec un sourire, qu'ils bénéficient maintenant d'une protection particulière. Il ajoute que les Esprits lui ont parlé d'eux avec bienveillance. Puis, très vite, il lance quelques phrases en langue abénaquise.

S'appliquant à respecter les usages, les Lemoyne agissent comme les autres. Après s'être salués mutuellement, ils sortent de la hutte et, réunis autour d'une vasque d'eau creusée dans le tronc d'un arbre, ils s'aspergent. La fraîcheur du liquide les fait émerger complètement de l'état de torpeur dans lequel ils se trouvaient encore. Il leur reste la curieuse sensation d'avoir vécu un rêve heureux; ils ont la tête et le corps pleins d'une joie simple et profonde, une sorte d'émerveillement d'enfant, un réel bien-être.

Tranquillement ils se sèchent, puis se rhabillent. Tout en procédant à ces gestes familiers, Stéphane, intrigué, demande à Makinac ce que le chaman a dit:

— Il va vous revoir. C'est un grand honneur de recevoir un message des Esprits. Mais Tohumac affirme qu'il n'est pas encore temps.

Le fait que le chaman ait reçu un message des Anciens les a tout d'un coup fait accepter par les autres. On les regarde maintenant avec complicité et sympathie, comme des frères et sœurs.

Bien plus tard, toujours sous l'effet de cette bizarre euphorie qui a suivi l'expérience, la petite famille regagne le motel en silence. Ils se rassemblent dans la chambre des parents et, enfin, chacun raconte ce qu'il a vécu sous la tente tremblante. Les visions étaient si claires, si vivantes, qu'ils les ressentent encore avec une vive émotion. La joie profonde éprouvée plus tôt se transforme en plaisir de raconter qui prend fin dans un fou rire incontrôlable.

Quant à l'homme surgi à la fin de leur expérience, ils sont tous d'accord pour lui attribuer le nom de Don Felipe Da Gozal. Enfin un visage, une silhouette, une image de cet homme étrange, toujours présent où qu'ils soient dans le monde! Ils ont vraiment eu l'impression d'être avec lui, en personne. Si Linda et Audrey s'entendent pour le trouver beau, Stéphane et Patrick lui concèdent prestance et volonté. De toute évidence, Da Gozal possédait un caractère fort en plus d'irradier une sympathie naturelle.

ès le lendemain, la disparition de la ceinture sacrée reprend la première place dans les préoccupations de Stéphane et d'Audrey. L'expérience de la veille les a rapprochés des Amérindiens et ils se sentent d'autant plus concernés.

Pendant ce temps, Linda et Patrick décident de rencontrer des officiels afin d'obtenir les autorisations pour se rendre sur le site du cimetière et y examiner enfin le pectoral. Audrey et Stéphane, quant à eux, étudient les dizaines de photos prises par Patrick, qui a couvert tout le site. Fidèle à son habitude, celui-ci a multiplié les clichés afin de choisir la photo « magique » digne d'être publiée.

Une fois numérisées sur l'ordinateur, les adolescents peuvent à loisir les agrandir et les détailler avec attention. La majorité des photos est de style artistique : visages, totems, tentes et autres détails. Ils passent rapidement sur celles-ci pour se concentrer sur les photos d'ensemble, prises autour de la tente de cérémonie.

Sur plusieurs clichés, ils finissent bientôt par remarquer un camion stationné à contresens des autres. Sur sa porte, on peut lire le nom d'une entreprise : Ardbeg construction. Sur certaines photos, le camion est vide mais, par la suite, on voit un homme qui y monte et s'installe au volant. En procédant par recoupement, ils se rendent compte que le chauffeur n'apparaît nulle part dans la foule entourant le tipi de cérémonie. Il devient bientôt évident pour eux qu'il était à l'intérieur. Audrey effectue des agrandissements et parvient à isoler le visage de l'homme. Aussitôt, ils en tirent une copie sur papier.

— C'est génial, ces engins !

— Ouais ! Heureusement que papa fait ce boulot sinon je ne sais pas comment on se débrouillerait.

— Il faut qu'on montre la photo de ce type à Makinac. Il le connaît peut-être.

— Tu as raison ! approuve Stéphane. Allons-y !

Les voici donc qui arpentent la réserve à la recherche de Makinac. C'est dans une échoppe de sculpteur sur bois qu'ils le découvrent finalement. Le jeune homme est occupé à dégrossir une branche destinée à devenir un totem pour les touristes. Audrey et Stéphane admirent un moment son savoir-faire. Il met tant d'attention à son travail qu'on pourrait presque jurer qu'il communique avec le morceau de bois. Makinac relève la tête, les aperçoit et interrompt son travail. Aussitôt, ils lui montrent la photo.

— Moi, je ne le connais pas, mais je peux demander à Aigle blanc, mon patron, il a déjà travaillé sur les chantiers.

Aigle blanc, un Ojibwé natif de la région, regarde le cliché et hoche la tête.

— C'est Little Salked, un employé du bâtiment. Il travaille sur le chantier de construction d'un immeuble, pas loin d'ici.

Makinac prend congé et s'éloigne avec ses amis. Une quinzaine de minutes de marche plus tard, ils parviennent aux limites de la ville où se trouve le chantier.

Là, ils ne peuvent approcher Salked, car celui-ci se promène tout en haut, à une vingtaine de mètres au-dessus du vide, comme seul un Amérindien sait le faire. Il est occupé à mettre en place des poutrelles d'acier, avant de les boulonner. Son métier l'oblige à marcher sur des poutres de trente centimètres de large, sans aucune protection.

Stéphane décide de grimper par les échelles des échafaudages pour aller lui faire signe. Audrey et Makinac, qui l'attendent en bas, en profitent pour faire une visite discrète du camion de Salked.

Restant prudemment sur le bord de la dernière échelle qu'il vient d'escalader, Stéphane appelle Salked. Il aperçoit alors un autre homme, vêtu d'une chemise rouge, qui s'approche de Salked. Un pilier d'acier les cache tous deux à ses yeux. Soudain, on entend un grand cri et Stéphane voit Salked tomber.

Éberlué, Stéphane a, devant lui, la matérialisation de la vision qu'il a eue sur l'*île du Serpent de la Terre* : la chute d'un homme dans le vide. Persuadé que Salked a été poussé, il voit l'autre homme s'engouffrer précipitamment dans un monte-charge. Aussi vite qu'il le peut, Stéphane dégringole les échelles.

Attentifs, Audrey et Makinac, qui ont vu la scène d'en bas, surveillent tous ceux qui sortent du bâtiment en construction. Ils aperçoivent soudain la chemise rouge du suspect.

Tout essoufflé, Stéphane les rejoint. Lui aussi a vu l'homme qui grimpe dans son véhicule, un pick-up, et file. Ils se mettent à courir derrière le camion, sous les regards incrédules des ouvriers qui s'activent sur le chantier. Tout est allé si vite qu'ils n'ont pas eu le temps de réagir.

Profitant de ce que l'homme est obligé de ralentir à l'entrée du chantier, Stéphane et Audrey franchissent la double porte grillagée, avant de s'engager sur une avenue. Ils prennent bien garde d'être repérés par le chauffeur et sautent dans la benne encombrée de matériaux de construction. Makinac, lui, a disparu.

Le camion sort rapidement de la ville et emprunte l'autoroute 6 vers le nord, quittant les îles en direction de la ville d'Espanola. Après vingt minutes d'un trajet rapide, il s'engage bientôt sur une route secondaire, puis pénètre dans une section boisée, revenant en quelque sorte sur ses pas. La route devient vite un chemin de terre ; Audrey et Stéphane sont bringuebalés et s'écorchent les mains et les genoux sur les débris qui jonchent la benne. C'est en apercevant la baie Georgienne à travers les arbres qu'ils réalisent à quel point ils sont près de l'eau.

Le camion s'arrête enfin. Le suspect en chemise rouge en descend et s'éloigne. Audrey et Stéphane s'extirpent de la benne mais, au moment où ils se retournent, ils se trouvent nez à nez avec des Amérindiens armés. C'est maintenant au tour d'Audrey de voir se réaliser la vision qu'elle a eue sous la tente tremblante.

Sous la menace de leurs armes, les hommes les obligent à gagner une cabane en rondins, un peu à l'écart. Pendant ce court trajet, le frère et la sœur observent les alentours. Ils se trouvent dans un boisé en cours de défrichement, à l'extrémité d'un chantier. De toute évidence il s'agit d'une future route. Des bulldozers et des camions s'activent plus loin, au-delà d'une barricade de fortune bien gardée.

Au passage, ils aperçoivent des caisses empilées. Le lac est tout proche et l'on peut voir un bateau à quai. Les caisses sont certainement destinées à y être embarquées.

La porte de la cabane se referme sur eux, un des hommes demeurant en faction de l'autre côté.

— Qu'est-ce qu'ils vont nous faire, Stéphane ?

— Je n'en ai pas la moindre idée, mais il faut que l'on se tire de là rapidement.

Stéphane inspecte la petite fenêtre qui donne sur le bois, en arrière. Elle est obstruée par des planches clouées en travers, de l'extérieur. Il ouvre donc les battants et pousse de toutes ses forces sur les planches. Ces dernières semblent bien fixées et refusent de céder.

— Heureusement, j'ai ma ceinture ! s'écrie-t-il.

Il relève son chandail et ouvre sa ceinture spécialement équipée : elle contient scie, boussole, canif, allumettes, etc. Il en retire la lame de scie souple et essaie d'entamer une des planches pour en agrandir l'espace. À ce moment, quelqu'un fait tourner la clef dans la serrure de la porte. Précipitamment, Stéphane enfouit l'outil dans sa poche et fait mine de rêvasser.

Un homme au visage dur entre : c'est Pevek. Il est suivi de deux hommes de main, masqués ceux-là. Menaçant, Pevek s'avance vers eux et les interroge d'une voix sèche :

— Qui êtes-vous et que venez-vous faire ici ?

Audrey décide de jouer franc-jeu :

— On a vu le type du camion en pous-
ser un autre en bas d'un immeuble en construction. Alors, comme il s'échappait, on a
voulu le suivre. C'est tout! Ce n'est pas
normal que les gens s'enfuient comme ça,
alors on a pensé que ce n'était pas un accident et on voulait savoir où il allait se cacher,
avant d'appeler la police. Vous auriez fait
pareil, non?

Pevek réfléchit un instant et ordonne à
l'un de ses sbires:

— Va me chercher Warsaw!

— Tu as répondu à la seconde question, maintenant qui êtes-vous? demande-
t-il en s'adressant à Audrey.

— Moi, je m'appelle Audrey et lui, c'est
mon frère, Stéphane. On est venus pour le
Jour du Traité, avec nos parents.

— Des touristes, hein?

— Non, proteste Stéphane, nous sommes les invités de Willy Kwomada.

Cette fois, Pevek se mord la lèvre infé-
rieure. Cette réponse ne fait pas son affaire.
L'ouvrier à la chemise rouge arrive sur ces
entrefaites. Pevek l'interroge:

— Warsaw, que s'est-il passé là-bas?
Tu as poussé quelqu'un?

— Non, c'est un accident! Je me suis
approché de Salked pour lui demander sa

clé et il a été surpris. Je ne sais pas pourquoi, il devait rêver. J'ai essayé de le retenir,
mais on n'a pas d'espace là-haut et je n'ai
pas réussi. Comme je n'étais pas en règle
avec l'employeur, j'ai préféré ficher le
camp. Il y avait assez de monde en bas
pour s'occuper de Salked. Je ne pensais pas
que ces gamins me suivraient.

Après un moment de discussion, il
devient clair que c'est le pilier qui a fait
croire à Stéphane que Warsaw, l'homme en
rouge, avait poussé Salked.

— Bon, de toute évidence, c'est un
accident. Nous allons tâcher d'arranger ça
avec les autorités. Mais vous, je voudrais
bien savoir ce que vous faisiez là, l'accès
aux chantiers est interdit.

Cette fois, Audrey et Stéphane hésitent :
que dire sans s'attirer des ennuis. Stéphane
décide de dire la vérité, mais sans parler de
Makinac :

— On fait notre enquête sur la disparition de la *Wampum belt*. Mon père a fait
des photos avant le vol, et le camion de
Salked était tout près de la tente de cérémonie. Alors on l'a cherché.

— De vrais petits détectives, hein !
Vous allez rester là en attendant que je

trouve quoi faire de vous. Quant à la *Wampum belt,* elle se trouve «là où le Blanc ne cherchera pas», et ce n'est pas votre affaire !

Sur ces paroles énigmatiques, il sort avec ses hommes. Stéphane s'approche aussitôt de la porte et entend Pevek s'adresser à l'un de ses hommes :

— Tâche de savoir où est Little Salked et ce qu'il mijote. Il agit en solitaire depuis quelque temps. Je voudrais bien savoir ce qu'il a dans la tête. On a assez d'embêtements comme ça, pour le moment.

8

$\mathcal{E}$n arrivant au ministère du Patrimoine, Linda et Patrick ont la surprise d'y trouver Renaud Vital, le bras droit de Bular et concurrent direct de Linda. Il les accueille avec sa manière feutrée et mielleuse habituelle.

— Je suis heureux de vous voir. Dès que monsieur Bular a su pour le pectoral, il m'a envoyé immédiatement pour vous prêter main-forte. Je descends tout juste de l'avion. L'intervention de la Fondation à déjà permis de bloquer le chantier pour quelques jours encore. C'est maintenant à vous de jouer sur le terrain.

— Vous semblez mieux renseigné que nous, Renaud. Ce pectoral, nous ne l'avons pas encore vu.

— Ah non?

Vital, réalisant qu'il a peut-être parlé trop vite, change soudain de sujet et les invite à venir rencontrer les responsables du chantier et les fonctionnaires du ministère. Après de longues discussions, Linda et Patrick, obtiennent enfin l'autorisation de visiter le site du cimetière sacré et d'y faire des fouilles préliminaires.

Ainsi espère-t-on qu'à la suite de la visite de ces spécialistes et de l'examen des lieux, tout le monde sera satisfait et que le chantier pourra reprendre. Car, pour le moment, la tension est forte. Des groupes d'Amérindiens armés en défendent l'accès et cette situation pourrait empirer à tout instant. Le spectre des événements d'Oka, au Québec, plane encore sur les décisions politiques. C'est donc avec diligence que chacun décide soudain de faciliter la tâche aux Lemoyne.

Si quelque chose a bien fonctionné jusque-là dans cette histoire, c'est le plan de Salked.

Le téléphone portable de Linda se manifeste, c'est un appel de Kevin qui vient d'arriver sur l'île Manitoulin. Linda lui demande de le rejoindre et, bientôt, Linda, Laurence, Kevin et Patrick montent à bord d'une limousine, accompagnés du chef de chantier, de son patron et d'un représentant des clans.

La luxueuse voiture file sur l'autoroute, puis sur une petite route, et arrive dans un boisé proche de Killarney, sur les lieux des excavations. Les passagers en descendent et sont accueillis par un Pevek souriant mais, non loin, sous les arbres, quelques hommes surveillent leurs moindres gestes.

Prévenu de leur visite, Pevek se fait conciliant et les guide vers une grande bâche qui abrite des fosses : c'est le site du cimetière sacré. Des hommes sont occupés à vider le cimetière ; ils disposent avec respect les ossements et les objets dans des caisses qu'on se propose d'embarquer pour la réserve de Wikwemikong.

— Nous nous préparons à une évacuation du site dans le respect de nos aînés, au cas où les événements tourneraient mal pour nous, explique Pevek.

Linda, ses parents et Patrick, ignorant qu'Audrey et Stéphane sont enfermés à quelques pas de là, observent le tout en connaisseurs.

Ne pouvant résister, Linda descend dans la fosse avec Kevin et se met à examiner les squelettes. Le spécialiste et le représentant des clans les rejoignent. Quant à Patrick, il entreprend de prendre une série de photos.

Linda remarque que l'un des squelettes semble beaucoup plus vieux que les autres. Avant de poursuivre son examen, elle interroge le représentant des clans :

— Depuis combien d'années ce site sert-il de cimetière ?

— Depuis une centaine d'années, environ. D'après ce que j'en sais, il date de la conquête de ces territoires par les Anglais.

Pevek intervient avec fougue :

— Pas du tout ! Cet endroit est sacré pour mon peuple depuis des dizaines de générations. Je suis un Ojibwé, moi, pas un Huron ! ajoute-t-il avec mépris, à l'intention du représentant des clans.

— Et alors ? Il n'y a pas de lutte entre nos peuples.

— C'est vrai, mais vous ne connaissez pas notre histoire locale. Ce lieu est bien plus important que vous ne le croyez. Il était, jadis, voué à des cérémonies sacrées. Mon arrière-grand-père en parlait encore. Nous devons empêcher que cet endroit soit violé. C'est un combat culturel contre les Blancs, mais aussi contre les nôtres qui, comme vous, ont oublié. Nous devons lutter contre ceux qui envahissent les sites sacrés et détournent les forces de la terre-mère en nous obligeant à déplacer nos ancêtres.

Linda essaie de répliquer, mais Pevek est trop pris par son sujet. Patrick s'interpose avec vigueur :

— La force n'est pas une solution.

Pevek s'emporte alors :

— Monsieur, nous sommes là pour conserver notre patrimoine. Nous essayons de sauver les restes de nos ancêtres qui gisent là, dans ce cimetière sacré, avant que les Blancs ne détruisent tout pour construire une route qui ne servira qu'à quelques résidents.

— Je comprends votre sentiment.

— Non ! Vous ne comprenez pas ! Ce n'est pas un combat pour un terrain, c'est une lutte pour la mémoire. Mon peuple est en train d'oublier ; les jeunes ne savent plus reconnaître les lieux anciens, les traditions profondes. Ici, à côté du monticule sous les arbres, se déroulaient de grandes cérémonies à des périodes bien précises.

À ce moment, Linda aperçoit sur une table une plaque en or plutôt anachronique en ce lieu : le pectoral espagnol dont Pevek s'était emparé quelques jours plus tôt. Suivant son regard, celui-ci se tait soudainement et s'avance.

— Cela provient certainement de quelques-uns de nos ancêtres qui sont venus d'Amérique du Sud. Des Espagnols les auront sans doute accompagnés.

Examinant l'objet, Linda y déchiffre à l'endos l'inscription gravée en creux: «Don Felipe Da Gozal».

Linda repense alors à la vision qu'elle a eue sous la tente tremblante: elle se voyait ainsi, tenant un objet en or dans les mains, puis Don Felipe lui-même lui apparaissait. Tout à coup, elle ressent l'imminence d'un événement important, quelque chose qu'elle n'arrive pas à définir. C'est presque malgré elle qu'elle répond à Pevek:

— Ce pectoral vient bien d'un Espagnol, mais d'un de ceux qui ont le mieux compris votre nation et certaines de vos coutumes comme l'utilisation des rêves et des visions.

Pevek se tait et la fixe d'un regard interrogateur, plein d'incertitude. Linda se tourne vers son père.

— Papa, jette un coup d'œil à ce squelette-là.

Kevin, intrigué, s'exécute et soudain lui aussi fort intéressé, s'exclame:

— En effet, il est beaucoup plus vieux que les autres! Il faudrait faire des analyses, mais je lui donnerais un bon millier d'années.

Linda se retourne de nouveau vers Pevek.

— C'est quoi, ce monticule dont vous parliez ?

Cette fois, Pevek semble un peu dépassé par les événements. Il a devant lui des gens qui semblent vraiment à l'écoute de ce qu'il dit. Les autres sont attentifs, comme s'ils assistaient à une pièce de théâtre.

Ils sortent de sous la bâche, suivant Pevek qui les entraîne vers le bois. Là, sous les arbres, ils découvrent un empilement de roches soigneusement disposées. Kevin s'extasie :

— Magnifique ! Un cairn ! Il ressemble à s'y méprendre à celui de Majorville en Alberta… Mais alors, il se pourrait… Monsieur Pevek, y a-t-il d'autres blocs de pierres alentour ?

— Quel genre de pierres ?

— De grosses roches, pas un empilement comme celui-ci.

— Oui, plusieurs, un peu partout autour d'ici, mais elles sont couvertes de végétation ou cachées sous les arbres.

— Fantastique ! Est-ce que vous pourriez demander à vos hommes de les localiser et de rester auprès d'elles ?

— Bien sûr

D'un seul coup, on assiste à une sorte de remue-ménage général. Pevek donne des ordres, indique des endroits, et chacun se met à la recherche des fameuses pierres.

Pendant ce temps, à l'aide de sa lame de scie souple, Stéphane continue de gruger laborieusement les planches qui obstruent la fenêtre. Il a réussi à dégager un espace presque suffisant pour passer, quand la porte s'ouvre. C'est Makinac qui entre, accompagné de deux hommes.

— Makinac ! Tu nous as trouvés ! s'écrie Audrey.

D'un élan, elle prend Makinac dans ses bras et le serre contre elle, comme si Zorro venait de débarquer. Stéphane regarde sa sœur avec effarement. Makinac, lui, en reste tout étourdi, d'autant qu'Audrey lui dépose un solide baiser au coin des lèvres. Makinac reprend ses esprits et, se dégageant le plus doucement qu'il peut, leur dit:

— Venez !

— Comment tu as su où on était ?

— J'ai demandé à qui appartenait le camion et où il allait, c'est tout.

Perplexe, Stéphane lui jette un coup d'œil intrigué. Makinac tourne simplement les talons et sort. Avant de franchir la porte, Stéphane glisse un mot à sa sœur :

— Dis donc, ça te fait un drôle d'effet d'être enfermée, toi.

— Il nous a délivrés, Stèph.

— De justesse ! Cinq minutes plus tard, on se serait échappés par la fenêtre.

— T'es qu'un jaloux !

Et lui tournant le dos, elle sort. Stéphane lui emboîte pas.

Dehors, ils découvrent une horde de gens s'égaillant au milieu des arbres, à la recherche de « quelque chose ».

Makinac les précède d'un bon pas et, bientôt, ils se retrouvent devant Pevek, inquiet, et Linda, surprise.

— Qu'est-ce que vous faites là, tous les deux ?

Les adolescents échangent un regard avec Pevek et répondent :

— C'est Makinac qui nous a conduits, on voulait voir ça.

Makinac approuve d'un hochement de tête. Linda, toute à sa recherche, n'insiste pas.

— Eh bien, je crois que vous arrivez au bon moment.

En effet, un large cercle de personnes, dont certaines sont pratiquement invisibles sous les arbres, se dessine maintenant. Chacune d'elles se trouve auprès d'une roche. Kevin semble fou de joie. Il serre Linda contre lui et lui dépose un bruyant baiser sur la joue.

— C'est magnifique ! Pevek, vous ignoriez tout de ce site ?

— Non, je savais simplement qu'il était sacré.

— Certainement, Pevek, mais c'est une *Medecine Wheel*, une «Roue de médecine», comme celles de Majorville et de Moose Moutain, qui ont pratiquement cinq mille ans.

— Qu'est-ce que c'est une «Roue de médecine» ? s'informe Stéphane

— Il s'agit d'un grand cercle dessiné sur le sol où l'on place des pierres à des endroits bien précis. L'ensemble forme un calculateur astronomique qui permettait aux antiques civilisations de suivre les phases de la lune et du soleil, de déterminer les solstices et les équinoxes. Il va falloir procéder à des calculs précis pour en connaître plus, mais c'est une découverte fabuleuse !

— Je veux bien, mais ça sert à quoi ?

— À établir les saisons et donc à savoir quand semer et quand récolter. Mais le plus important pour nous, c'est que cela révèle des connaissances mathématiques et astronomiques précises, donc une culture élaborée qui, dans le Wyoming par exemple, remonte à plus de trois mille ans. Tu comprends, cela nous permet d'en savoir bien plus sur les peuples du passé que la découverte de pointes de flèches.

— Oui et, considérant l'âge des ossements, il est certain qu'elle servait aussi de site funéraire, ajoute Linda.

Elle s'approche des officiels et leur annonce tout de go :

— Messieurs, je crois que vous allez devoir modifier sérieusement vos plans. Cet endroit possède une valeur archéologique inestimable et je demande qu'il fasse partie intégrante du patrimoine national.

Aussitôt, cette déclaration provoque un tollé de la part des divers représentants.

Audrey et Stéphane, eux, sont heureux. Ils savent que, pour Makinac et son peuple, la découverte de ce site est une grande joie et une vraie fierté. Mais celui-ci se tourne vers Pevek et déclare :

— Cela ne nous rend pas la *Wampum belt*.

— Tu as raison, Makinac, approuve Stéphane.

— Où est-elle ? demande-t-il à Pevek. Vous avez dit tout à l'heure qu'elle était là où un Blanc ne chercherait pas.

Pevek inspire profondément et regarde tour à tour les adolescents, Linda, Kevin et Laurence.

— C'est Little Salked qui m'a dit ça. Il était l'un des membres les plus extrémistes de notre groupe. Je n'ai aucune idée de l'endroit où il l'a cachée. Il voulait que ces festivités s'arrêtent. Selon lui, elles sont le signe sans cesse répété de notre défaite, de notre allégeance aux Blancs. Même si je partage, en partie, son point de vue, je prêche plutôt pour une action plus modérée.

— Et vous ne savez vraiment pas où il l'a mise ?

— Non ! Je vous en donne ma parole.

Kevin s'approche de Pevek et lui tend la main.

— Votre combat prend toute sa valeur, Pevek. À présent, vous pouvez déposer les armes. Il n'est plus nécessaire de déplacer les restes de vos ancêtres, vous pouvez les remettre en terre, ici. Ce lieu sera sauvegardé. C'est à mon tour de vous donner ma parole. Je vous demande seulement de nous aider à dégager la roue afin de démontrer l'importance de cette mise au jour.

— Vous pouvez compter sur nous. Si, comme vous le dites, cette roue a une valeur rare, elle pourra peser lourd dans nos négociations futures.

— Pour être rare, elle l'est! C'est même totalement inespéré! Avez-vous un rituel quelconque à effectuer avant que nous ne procédions à des examens plus complets. Je ne voudrais pas contrarier votre peuple, une fois encore, en agissant à la légère.

Pevek apprécie l'attitude de Kevin et lui promet de se renseigner auprès du chaman, car lui-même l'ignore.

9

Après avoir accompli les démarches néces-
saires pour officialiser la découverte
du site de la «Roue de médecine» et,
imposer l'arrêt définitif des travaux, Linda en
profite pour s'informer auprès des autorités
du bilan de l'enquête sur la disparition de la
Wampum belt. Malheureusement, et malgré
le fait qu'elle connaisse quelques personnes
bien placées, elle n'apprend rien de nouveau.
Si ce n'est un détail d'importance : aucun
accident mortel n'a été signalé sur un chantier.

De retour au motel, elle annonce la nouvelle à Stéphane et à Audrey. Mais cette
information les intrigue beaucoup plus
qu'elle ne les rassure.

— Comment Salked aurait-il pu survivre à une chute pareille ? Ce n'est pas
possible... ou alors il est gravement blessé.

On devrait pouvoir vérifier dans les hôpitaux, il n'y en a pas tant que ça. Salked est peut-être le seul à savoir où se trouve la ceinture sacrée.

— Tu as raison, Stéphane. On appelle.

Trente minutes plus tard, ils doivent se rendre à l'évidence : aucun blessé grave, provenant d'un chantier ou ayant fait une chute, n'a été admis aux urgences des villes avoisinantes. Makinac, qui les a rejoints, propose tout d'un coup :

— Venez ! On va vérifier quelque chose. Vous pouvez nous emmener au chantier ? demande-t-il à Linda et à Patrick.

D'autorité, Patrick se lève.

— Je vous emmène. Linda, rejoins donc Kevin sur le site de la « Roue de médecine », sinon ton père va s'accaparer tous les honneurs.

— Ça ne me gêne pas, mais je vais y aller quand même. Il faut aussi que je téléphone à ma mère pour lui donner des nouvelles, elle doit se morfondre sur le bateau à imaginer mon père en train de gratter la terre et d'examiner le cairn.

Patrick, Makinac, Stéphane et Audrey reprennent donc la route à bord de la Buick de location. Ils arrivent très vite au chantier. Sans perdre de temps, Makinac se dirige vers l'endroit où, normalement, Salked aurait dû s'écraser. Il y a là des entassements de briques, de poutres d'acier et des matériaux recouverts d'une grande bâche bleue.

— Quand vous avez sauté dans le camion de Warsaw, je suis venu ici, mais il n'y avait personne. J'ai pensé qu'on avait déjà emporté le corps, alors je suis allé à la réserve pour discuter de la meilleure façon d'agir et pour savoir où Warsaw aurait pu aller. Puis, tout à l'heure, j'ai repensé à ce que j'avais vu.

Il s'approche de la bâche et la retire, dévoilant des boîtes de carton vides et des débris de placoplâtre : des matériaux capables d'absorber un choc important.

— Je me suis souvenu que plusieurs personnes de la réserve avaient travaillé sur un film, il n'y a pas longtemps, et qu'il y avait des scènes de chute. Les cascadeurs utilisent des matelas gonflables pour amortir le choc, mais aussi des boîtes de carton, comme celles-là.

— Tu veux dire que Salked n'est pas tombé, mais qu'il a sauté ? s'étonne Patrick.

— Oui, c'est ce que je crois. Et la présence de ces boîtes semble le confirmer.

— Par la suite, Warsaw a pris peur. Il a fui et nous, on l'a suivi. Donc Salked est vivant et il se trouve quelque part, avec la ceinture.

— Mais pourquoi? demande Audrey.

— Pevek a déjà répondu à cette question : Salked lutte pour l'honneur de son peuple et désire rompre avec le Jour du Traité et la soumission symbolique qu'il représente.

— Makinac, tu sais où habite Salked? s'enquiert Stéphane.

— Non, mais on va trouver. Allons à la réserve.

À bord de la Buick, les voilà tous faisant route vers le poste des gardes de la paix de la réserve. Ils expliquent leur théorie au chef des policiers amérindiens qui décide de les accompagner avec deux de ses hommes.

Dans sa maison, Salked achève de boucler son sac de voyage. Les événements s'étaient quelque peu précipités à cause de l'intervention de ces fichus enfants. Il avait prévu sa fausse mort pour plus tard mais, lorsqu'il avait vu Stéphane sur l'échelle, il s'était souvenu l'avoir aperçu en compagnie de Willy Kwomada. Il avait donc décidé de disparaître tout de suite.

Enfermé, depuis, dans sa maison, il vient enfin de recevoir l'appel qu'il espérait. Renaud Vital l'attendra dans une heure, de l'autre côté de la baie. Il ne lui reste plus qu'à passer à la dernière phase de son plan et, enfin, il s'envolera pour le Mexique.

Il balaie le salon des yeux, vérifiant bien s'il a éliminé toutes les preuves éventuelles. Puis il sort, négligeant de fermer la porte à clef, et monte dans sa voiture qui démarre à toute vitesse.

Dix minutes plus tard, la Buick et une voiture de police freinent en catastrophe devant le petit pavillon de Salked, situé dans une rue tranquille. Les trois policiers, revolver au poing, avancent avec prudence vers la porte qu'ils ouvrent sans difficulté. La maison est vide. Questionnés par les agents, des voisins expliquent avoir vu Salked partir en direction du port.

Les véhicules redémarrent en trombe et, un moment plus tard s'arrêtent non loin d'une rampe de mise à l'eau, près du bureau d'enregistrement des bateaux. Ils y apprennent que Salked a filé sur une chaloupe à moteur, voici cinq minutes à peine. La déception est grande. Soudain Audrey, les yeux perdus sur l'eau du golfe, sursaute :

— Grand-mère !

— Quoi, grand-mère ? demande Stéphane.

— Elle est sur le bateau, dans Smith Bay.

Se comprenant immédiatement sans avoir à parler, Audrey et Stéphane échangent un coup d'œil.

— Patrick ! Il faut appeler grand-mère pour qu'elle essaie de lui bloquer le passage.

— Vous êtes fous ! Je ne veux pas lui faire courir de risques.

— Il n'y en a pas, si elle ne fait que l'empêcher d'avancer, le temps que la police arrive.

— Peut-être… Ça vaut la peine d'essayer.

Patrick parlemente avec les policiers et, bientôt, entre en communication radio avec sa belle-mère.

— Laurence ! Il y a une chaloupe bleue avec un Amérindien à bord, qui ne doit pas être bien loin de vous. Elle vient juste de quitter le port. Pouvez-vous lui barrer la route ?

— Un instant, Patrick, je jette un coup d'œil par le hublot…

— Elle vérifie, dit Patrick aux autres.

— Patrick ? Oui, il y a effectivement une chaloupe pas loin, elle file vers la pointe sud. Je pars à l'attaque !

— Soyez prudente !

— Prudente ? Patrick, j'adore ce genre de choses ! Mes ancêtres étaient des corsaires anglais, ne l'oubliez pas.

— Euh ! Oui, bien sûr. Merci, répond Patrick, estomaqué.

Mais Laurence a déjà raccroché le micro. Comme elle était en train de vérifier les voiles au moment de l'appel de son gendre, il ne lui faut qu'un instant pour les placer sous le vent.

L'*Oannès* prend son essor et file droit sur la chaloupe. Laurence manœuvre pour avoir un vent de côté qui relève le flotteur bâbord. Elle se laisse aller en arrière, le corps tendu au-dessus des vagues, un sourire éclairant son visage. Laurence savoure ce moment intense, si rare dans sa vie. Elle a passé tellement d'années à s'occuper des relations professionnelles de Kevin, restant dans l'ombre de ce professeur réputé, qu'elle apprécie d'autant plus cet instant totalement physique et exaltant.

Little Salked, qui fixe la côte, se tourne soudain pour voir arriver sur lui le trimaran. Le flotteur soulevé passe au ras de son embarcation. Salked plonge pour éviter le choc. Le flotteur accroche le flanc de la chaloupe qui éclate, ouvrant un trou par lequel l'eau s'engouffre. Laurence pousse un cri de victoire.

L'*Oannès*, poussé par un fort vent, s'éloigne déjà rapidement sur la baie Georgienne. Laurence amorce un virage assez large, en raison de la taille du bateau. Salked, lui, nage déjà vers la rive de l'île de l'Œil de la Lune.

Laurence abat les voiles et retourne à la radio pour appeler sur la fréquence de la police. Elle informe les autorités de la direction que prend Salked. Bientôt les policiers, accompagnés de Patrick et des jeunes, empruntent une vedette rapide et filent vers l'île de l'Œil de la Lune.

Renaud Vital consulte sa montre une fois de plus. Salked tarde. Vital n'aime guère se retrouver comme ça, en pleine nature, au bord de la baie Georgienne avec une mallette pleine de billets. Ce terrain vague est un peu trop isolé à son goût. Il tente de détourner ses pensées vers quelque chose de plus agréable, notamment la gloire qui l'attend lorsqu'il retrouvera la *Wampum belt*. Mais avant, il faut que Salked lui révèle la cachette. Vital déteste ce genre de personnage, mais il doit reconnaître qu'il a été efficace ; dorénavant le terrain sera préservé et la Fondation se trouve de nouveau au cœur d'une découverte majeure.

Little Salked n'a pas d'autre choix : l'île sacrée est la plus proche. D'un crawl puissant, il parvient enfin sur la rive et court vers la pointe. Il aperçoit la vedette qui vient vers lui et décide de traverser le lac intérieur. Une fois parvenu de l'autre côté, il n'aura qu'à gagner la côte où un homme de Bular l'attend pour lui remettre son argent.

Salked, comme il le pensait, trouve un canoë, le met à l'eau et rame vers l'autre rive avec force. Sa trajectoire l'amène près de l'*île du Serpent de la Terre*. Un brouillard diffus s'étend et couvre lentement le lac.

Un bouillonnement étrange commence à agiter l'eau non loin du canoë et, soudain, Salked voit une bête monstrueuse surgir des profondeurs et s'approcher du canoë, fendant la brume. La silhouette est indistincte mais gigantesque. Il lâche sa rame recule dans l'embarcation et la déséquilibre. Le canoë se retourne et Salked tombe dans le lac. Il tente de s'agripper à la coque mais sa main glisse. La panique le gagne quand il voit la gueule du serpent géant, dominée par deux cornes, toute proche de lui. Sa croyance en *Wakandagi* est si forte qu'il coule encore, avale de l'eau et, finalement, s'enfonce définitivement, emportant avec lui son secret.

Patrick, Audrey, Stéphane, Makinac et les policiers arrivent juste à temps pour apercevoir la silhouette du monstre qui disparaît dans le brouillard sans presque troubler l'eau.

Le visage des policiers est pétrifié par la crainte devant l'apparition de ce monstre qui, jusque-là, ne faisait partie que de leurs légendes.

— C'est *Wakandagi,* le dieu du lac… Il n'y a plus rien à faire.

— On ne saura jamais où est passée la *Wampum belt*, se désole Makinac.

— Il avait bien prévu son coup, en tous cas. Malheureusement, si jamais il avait la ceinture avec lui, il sera impossible de la récupérer dans ce lac, surtout avec ce… *Wakandagi*, ajoute Stéphane.

— Nous ne pouvons rien faire de plus, rentrons ! propose Patrick.

Renaud Vital consulte de nouveau sa montre. Cette fois il a trop attendu. Déjà deux voitures suspectes ont ralenti pour l'observer. Il remonte dans son auto et démarre, emportant la mallette destinée à Salked.

*P*endant ce temps, Kevin et Linda travaillent d'arrache-pied, avec toute une équipe d'Amérindiens dont Pevek a pris la direction, à dégager la «Roue de médecine». Pevek est fou de joie. Ce lieu, dont l'aspect sacré se perpétuait de génération en génération, lui révèle enfin sa valeur. En fait, il avait toujours ignoré de quoi il s'agissait. Il ne faisait qu'entretenir la tradition, sans vraiment l'approfondir.

Le premier défrichement du terrain permet maintenant de voir la roue dans son ensemble : elle a cent cinquante mètres de diamètre.

Avec Linda, Kevin a déjà procédé à des relevés astronomiques et déterminé, grâce à l'ordinateur, que la roue est orientée selon les quatre points cardinaux, ainsi que les positions des solstices et des équinoxes, matérialisés par des pierres plus grosses que les autres.

Linda et Kevin peuvent ainsi établir que, comme d'autres roues du même type, l'une des directions permettait, voici mille sept cents ans, de voir se lever, juste avant le soleil, l'étoile Aldébaran de la constellation du Taureau. Cet événement se produisait le 21 juin, jour du solstice d'été. Puis, vingt-huit jours plus tard, soit le 19 juillet, apparaissait l'étoile Rigel et, finalement, le 16 août, survenait le lever de Sirius, l'étoile la plus brillante de la constellation du Grand Chien.

Ils constatent à quel point les alignements sont précis et révèlent une parenté incontestable avec les roues d'Alberta, de Colombie-Britannique ou de Saskatchewan, et même avec celles du Wyoming, aux États-Unis. La découverte est d'importance, car cette roue est la première à être trouvée si loin à l'est.

Linda et son père sont ravis. Ils ne se lassent pas d'expliquer à Pevek et à ses frères, l'importance incroyable de ce lieu. Linda attire soudain l'attention de Kevin sur des dessins peints à l'ocre sur certaines pierres du cairn central.

— Regarde, il y a toutes ces lignes en zigzag que l'on retrouve un peu dans toutes les civilisations… puis, surtout, ce curieux personnage avec de grandes oreilles de lapin. J'ai vu le même, ou presque, il n'y a pas longtemps en Éthiopie, sur les pierres levées d'Arussi… Et ce personnage-là aussi, avec les mains levées.

— En Éthiopie ?

— Oui, cela pourrait confirmer les théories dont tu parlais concernant certains explorateurs venus d'Égypte ou d'Orient.

— D'autant que plusieurs de ces signes peuvent s'apparenter à des hiéroglyphes égyptiens. Il va falloir explorer le cairn central avec soin, on y trouvera peut-être quelque chose.

La pleine lune éclaire le lac comme en plein jour. Makinac, en tenue traditionnelle – pantalon et veste de peau peinte aux couleurs de son peuple, une plume d'aigle plantée dans les cheveux – pousse le canoë dans l'eau. S'aidant de la pagaie posée en travers de l'embarcation, il s'agenouille au centre et commence à ramer. Le nuage, au-dessus de *l'île du Serpent de la Terre* semble s'animer un instant, s'étirant un peu dans sa direction.

Wakandagi, le grand serpent, apparaît non loin de lui, ses anneaux se succédant à la surface du lac, comme une série de pneus plantés verticalement dans l'onde. On dirait un fantôme surgit du brouillard. Il s'approche avec force du canoë. Sa tête cornue s'élève bientôt et il regarde le jeune Amérindien, l'accompagnant vers l'île.

Makinac est calme, concentré sur son monde intérieur. Arrivé à la berge, il hisse l'embarcation et marche vers la petite élévation qui occupe le centre de l'île.

Tohumac l'attend, assis en tailleur au bord d'un énorme trou qui plonge au cœur du monticule, le *tinihowi-t*. Avec des gestes mesurés, Makinac pose une peau de loup sur la roche et s'assoit en face du chaman. Un petit feu brûle entre eux. Makinac y jette un peu de sauge et tend les mains dans la fumée parfumée qui s'en dégage, l'attirant vers son visage par des mouvements lents des mains, puis il attend. Tohumac rompt enfin le silence :

— Makinac, je dois bientôt partir et c'est à toi que revient de prendre ma place. Les Anciens en ont décidé ainsi. Tu as démontré bien des talents déjà et je sais que parfois il t'en coûte de n'être qu'un adolescent aux yeux des autres. Mais tu as su sauver les apparences et cela est bien. Pour le moment, on doit encore ignorer ton statut de chaman. Tu as appris à voyager par la tente tremblante, par le vaisseau de l'esprit. Tu as déjà souvent rencontré les Anciens et ils te connaissent. Mais connais-tu le grand danger ?

— Oui, si je manque mon retour, mon esprit peut rester flottant dans l'entre-deux.

— Tu peux rester coincé dans ce monde à jamais, ou franchir la limite de l'au-delà. Si tu n'arrives plus à voir clair dans ta vie, ni là-bas ni ici, tu risques de te perdre. Tu dois maintenir ton attention aux deux mondes : celui de l'esprit et celui de la matière. Bientôt, tu seras le gardien du passé, du savoir. C'est toi qui devras décider de ce qu'il faut révéler ou cacher. Beaucoup de Blancs cherchent aujourd'hui à connaître nos traditions. Certains sont sincères et, à ceux-là seulement, tu pourras lever un peu le voile.

— Oui, les temps ont changé. Notre peuple renaît.

— Mais il doit être prudent. Il est maintenant temps pour toi d'entrer en contact avec tes protecteurs.

Tohumac entame un chant guttural auquel Makinac joint sa voix. De temps à autre, Tohumac agite une crécelle. Brusquement, le monticule est secoué de soubresauts. Un vulcanologue pronostiquerait sans doute le réveil d'un volcan, tellement les vibrations deviennent puissantes. Tohumac et Makinac, eux, poursuivent leurs incantations, comme si de rien n'était.

Pendant qu'une masse sombre apparaît dans le trou mystérieux, remontant lentement vers la lune, le nuage descend doucement pour recouvrir l'île d'un rideau opaque. Bientôt, la tête d'un anaconda gigantesque émerge du trou et s'élève verticalement, se frottant au nuage : Naskallys, la grand-mère, retrouve son fils Yurok.

Le serpent semble s'apercevoir de la présence des deux hommes et sa tête, plus grosse qu'une auto, s'approche avec douceur. Tohumac tend la main vers Naskallys et lui caresse la tête

— Naskallys, voici Makinac.

Puis, levant les mains dans la brume, il ajoute :

— Yurok, voici Makinac.

Makinac lève alors la main gauche vers le ciel et, de sa main droite, flatte à son tour le serpent géant.

— Nakallys, Yurok, je suis Makinac.

Alors, dans sa tête, il entend la voix d'une vieille femme qui lui parle :

« Makinac, sois le bienvenu comme guide de ton peuple. Nous essaierons de t'aider par la voix des Anciens, comme nous l'avons fait pour Tohumac tout au long de sa vie. Nous t'aiderons à voyager par le vaisseau du temps. Nous sommes là pour ta protection. »

Makinac ramasse une petite pierre et la jette dans le feu, puis une autre, et encore une autre. Et pendant qu'il lance les douze pierres rituelles, une par galaxie, une par prophétie, comme le veut la tradition, il entame l'invocation, marquée par les crépitements et les jets d'étincelles :

« Nos sept grands-pères, les cailloux,
Nos sept grands-mères, les pierres,
Que sonne la cloche de la voûte céleste,
L'horloge de l'espace ne marque aucun temps. »

Ce n'est qu'aux petites heures du matin que Makinac, complètement transformé, remonte dans le canoë pour redevenir l'adolescent qu'il doit être encore quelque temps.

Tout en ramant, et malgré ses connaissances, il se demande encore si ce qu'il vient de vivre est réel ou imaginaire. Tout est tellement clair dans son souvenir qu'il a du mal à concevoir que ce ne puisse être qu'une vision.

Là-bas, l'autre monde l'attend. Les lumières artificielles éclairent le port de plaisance et nimbent la ville d'une aura jaunâtre.

*P*endant que Linda et Kevin tentent de percer les secrets de la « Roue de médecine », Audrey s'est replongée dans la contemplation des clichés pris par son père. Si Salked n'avait pas la ceinture sur lui, où aurait-il pu la cacher ? Audrey est persuadée que la solution est évidente, mais comment la découvrir ?

Elle a étalé devant elle les photos prises avant et après le vol et, munie d'une loupe, y cherche désespérément un indice. Fatiguée, elle laisse la lentille de côté, se frotte les yeux et parcourt rapidement l'ensemble des clichés : c'est là que tout devient clair pour elle.

Elle pousse un hurlement de victoire qui ameute les autres. Stéphane et Makinac se précipitent, bientôt suivis de Patrick.

— Qu'est-ce qui te prend de crier comme ça ? demande son frère.

— Regardez, je viens d'avoir une révélation grâce à ces quatre photos. Vous voyez là, tout le monde est autour de la tente de cérémonie, et puis là…

Elle montre les photos prises après le vol.

— Les policiers de la GRC cherchent partout ailleurs sauf dans la tente vide. C'est ainsi que j'ai compris ce que Salked a voulu dire : « Là où un Blanc ne chercherait pas », c'est à l'endroit même où la ceinture était exposée.

— Bon sang ! Tu as peut-être bien raison !

Ils foncent vers le site du Jour du Traité et rejoignent Willy pour lui demander de les accompagner. En raison de la présence du chef, ils n'ont aucune difficulté à entrer dans la tente toujours très surveillée.

Au centre de celle-ci trône la boîte vitrée, amenée en grande pompe depuis le musée où la ceinture était conservée.

Audrey hésite un court instant, puis se décide. Aidée des autres, elle retire le cube transparent qui sert de protection. Prudemment, elle plonge la main sous le coussin rigide qui avait pour fonction de mettre la ceinture en évidence. Et, un large sourire

éclairant son visage, elle en retire avec
précaution la *Wampum belt* que Salked avait
cachée à l'intérieur même de sa boîte. Il ne
lui avait fallu qu'une minute pour la faire
disparaître à la vue de tous, mais il savait
aussi qu'elle serait aisément retrouvée.

C'est le délire autour d'Audrey et chacun se laisse aller à sa joie. Willy prend la
ceinture et la lève au-dessus de sa tête, un
long cri de victoire accueillant le retour du
symbole de paix.

Le soir même, une petite cérémonie est
offerte en l'honneur de toute la famille
Lemoyne. Les Blancs, autant que les nations
amérindiennes, veulent leur manifester leur
reconnaissance et les congratuler. Le mi-
nistre du Patrimoine leur remet une mé-
daille et prononce un discours de circons-
tance ; quant à Willy Kwomada, il leur offre
une plume d'aigle sacrée. À travers eux,
le pacte de paix a survécu. Les invités les
applaudissent avec joie et Patrick réalise
soudain qu'il est en train de vivre sa vision

de la tente tremblante. Renaud Vital, malgré sa déception de n'être pas le héros du jour, est tout de même venu afin d'établir quelques contacts, toujours utiles.

Un buffet suit la cérémonie et, pendant que chacun se restaure et discute, Audrey et Stéphane louvoient entre les invités pour se rapprocher de Pevek, enfin réconcilié avec les autorités.

— Monsieur Pevek, peut-on vous poser une question? demande Audrey.

— Toutes les questions que vous voudrez.

— Pourquoi Salked a-t-il fui et où allait-il? Ça nous intrigue.

— Je ne sais pas exactement. Comme je vous l'ai dit, Salked était un extrémiste, préférant la provocation à la discussion, et il était partisan de la révolte et du combat. Il avait réussi à regrouper quelques guerriers autour de lui et je pense, moi, que, ce jour-là, il partait les rejoindre pour se cacher. Il savait que la police se lancerait à ses trousses.

— Et c'est grand-mère qui a joué les trouble-fête.

— Mais pourquoi le serpent l'a-t-il attaqué, lui? Il n'avait jamais agressé personne auparavant.

— Là, vous touchez à une question plus complexe et difficile à expliquer. Salked n'aurait jamais dû aborder l'île de l'Œil de la Lune. Il l'a fait parce que, après être tombé à l'eau, elle était la plus proche de lui. Il savait y trouver un canoë et voulait sûrement traverser l'île avant de gagner la terre en passant par la baie Georgienne.

— D'accord, mais le serpent ?

— L'île est réservée à des cérémonies précises, et chacun doit se préparer avant d'y aller : être pur ou être protégé. Salked a dû improviser et il n'était pas en harmonie avec le lieu. C'est pourquoi *Wakandagi* est apparu.

— Alors quand on y est allés, nous, si on n'avait pas été protégés, il nous aurait emportés aussi ?

— Sans doute. C'est le gardien, il aurait fait son devoir.

— Mais comment sait-il qui est protégé ou non ?

Pevek émet un petit rire joyeux.

— C'est un secret de chaman. Il est le seul à savoir encore communiquer avec les animaux.

— Tu parles d'une affaire ! Merci, monsieur Pevek.

— De rien.

Ils s'éloignent, fendant de nouveau le flot des invités, pour se rendre auprès de Willy à qui ils demandent:

— Avez-vous déjà entendu parler des «roches qui enseignent»?

— Bien-sûr! Mais c'est le chaman que vous devriez questionner à ce sujet. Je vais voir ce que je peux faire.

Stéphane et Audrey le remercient et se dirigent vers le buffet, quand Audrey pouffe de rire.

— Qu'est-ce que tu as?

— Une pensée saugrenue

— Du genre?

— Que je commence à comprendre la différence entre les Blancs et les Amérindiens. Chez les Blancs, on dit: «Va voir ta mère!», et chez les Amérindiens: «Va voir le chaman!»

13

La réponse à la demande de Stéphane ne tarde pas. Par l'intermédiaire de Makinac, ils apprennent bientôt que le chaman Tohumac les invite, Audrey, Makinac et lui, à l'accompagner sur l'*île du Serpent de la Terre*: Il va leur montrer les «roches qui enseignent».

C'est avec un peu de crainte que le frère et la sœur embarquent dans le canoë qui va les mener sur l'île. La présence du monstre qui habite ces eaux les inquiète. Dans d'autres canoës, plusieurs jeunes Amérindiens prennent le même chemin. Makinac, leur explique qu'ils doivent participer à une cérémonie de remise des noms.

Alors qu'ils progressent sur un lac très calme, un mouvement d'eau sur leur droite attire leur attention. Ils se tournent tous ensemble et se figent en voyant le spectacle qui s'offre à leurs yeux : juste sous la surface, plus grosse que le canoë, la tête énorme de *Wakandagi* apparaît. Elle semble diffuse et se modeler au rythme de l'eau qui ondule, comme s'il s'agissait plutôt d'un reflet. Audrey ferme les yeux un bref instant, souhaitant intérieurement qu'ils soient tous protégés.

Le reptile monstrueux se tourne légèrement de côté et les regarde au travers de l'onde. D'un seul coup, Audrey se sent plus calme. Ce genre de regard, elle l'a déjà vu : c'est le même que celui du béluga qui les a observés au large de l'île aux Coudres ; un œil tout à la fois sceptique, interrogateur et froid, mais sans aucune intention malveillante.

Le serpent ondule un instant, puis replonge, sans même remuer l'eau. Rassurés, les jeunes recommencent à ramer. Les occupants des autres canoës ne se sont rendu compte de rien.

Une demi-heure plus tard, ils sont tous installés autour d'un feu et entourés d'un cercle de pierre : la cérémonie débute. Les jeunes doivent se présenter l'un après l'autre au sachem, le chef de tribu, puis au chaman. La première est une jeune fille qui s'avance au milieu du cercle et s'agenouille

devant les aînés. D'une voix un peu hési-
tante, elle dit:

— Mon vrai nom autochtone s'est perdu
dans les papiers des Blancs, mais je ne veux
plus le connaître. La «vraie» personne que
je suis veut s'exprimer, se retrouver depuis
toutes ses années. Je suis tout juste en train
de la découvrir et je la rencontrerai bientôt
en connaissant mon vrai nom.

Le sachem qui lui fait face s'avance
vers elle et lui murmure quelques mots à
l'oreille, avant de reprendre sa place. Makinac explique qu'elle vient d'apprendre son
nom amérindien à l'avance. La jeune fille
semble au comble du bonheur et regagne sa
place, quasi transfigurée.

Audrey et Stéphane sont conscients
d'assister à une partie de la résurrection
d'un peuple et ils demeurent là, éprouvant
un intense sentiment de paix et d'harmonie
avec tous ces gens.

À cet instant, Tohumac tape sur l'épaule
de Makimac et lui fait signe de le suivre.
Makinac entraîne ses amis à la suite du vieil
homme qui avance sans effort apparent,
comme si ses pieds touchaient à peine
le sol. Ils quittent le cercle et marchent un
bon quart d'heure avant de parvenir à une
paroi rocheuse pratiquement lisse, donnant

directement dans le lac. Une sorte de passerelle de troncs d'arbres a été aménagée sur l'eau, pour permettre de la regarder d'en bas.

Ils s'y avancent et, de là, découvrent des centaines de pétroglyphes, des dessins peints sur la roche.

— Voici les «roches qui enseignent». Elles parlent de la mémoire de nos peuples, de leurs origines dans les étoiles et des moments tragiques ou formidables qui les ont marqués.

Makinac murmure, comme pour lui-même, mais à haute voix:

— La Wampum est la cinquième direction. Elle nous entraîne vers la voie lactée au-delà du mur du temps, elle nous conduit vers l'Être lui-même.

Audrey et Stéphane reconnaissent les paroles prononcées par l'un des vieux sachems, le soir de la première cérémonie.

— C'est ça, mon fils, approuve Tohumac. Ces silhouettes sont celles de nos aïeux venus des étoiles dans ces machines, les autres sont nos ancêtres et les forces qu'ils ont appris à maîtriser. Tous nos peuples ont connu d'autres mondes et s'y sont habitués.

Impressionné, Stéphane ose une question:

— Que veut dire «au-delà du mur du temps»?

Tohumac se tourne vers lui avec un sourire plein de bonté et tente de lui expliquer, dans un français laborieux:

— C'est ce que tu as vécu, en quelque sorte, sous la tente tremblante. Notre peuple dominait jadis l'art du rêve. Mais ces expériences passagères ne sont que ce qui subsiste d'un pouvoir plus ancien et bien plus vaste. Il y a fort longtemps, le temps lui-même n'existait pas pour nous.

Bizarrement, Audrey et Stéphane se sentent proches de ce concept. Depuis le temps qu'ils parcourent la planète et visitent des lieux anciens où tellement de peuples, de gens, ont vécu, ils ressentent à l'instant, dans leur chair et dans leur mémoire, ce recommencement incessant. Le temps n'existe pas, la vie s'enchaîne et se prolonge à travers les êtres vivants. Cette idée fantastique les trouble cependant, profondément.

Audrey, songeuse, laisse errer son regard sur la roche. Peut-être encore soucieuse de ses frayeurs, elle désigne le dessin d'un serpent cornu et demande:

— Est-ce que c'est le serpent du lac ?

— C'est lui, en effet, *Wakandagi,* mais c'est aussi le symbole de la force qui nous habite et qui ouvre au miracle.

— Quel miracle ?

— Celui du temps, c'est par lui que nous voyageons, c'est une connaissance qui demande bien des années d'apprentissage.

Tohumac semble épuisé et leur demande de partir. Il retient Makinac un instant et lui dit quelques mots à l'oreille puis le serre contre lui, avant de le laisser partir. À regret, les trois adolescents s'éloignent mais, une centaine de mètres plus loin, ils se retournent une dernière fois pour saluer le vieil homme. Ce qu'ils voient alors les laisse médusés. Sortant de l'eau sur presque trois mètres, *Wakandagi,* le long serpent géant, glisse vers Tohumac qui semble l'accueillir, les deux bras ouverts.

L'immense reptile approche son énorme tête du visage du chaman jusqu'à le toucher. Puis, d'un élan brusque, il se dresse, projetant son corps vers le haut. Tohumac lève alors les bras vers le ciel, vers ce nuage étonnant qui flotte, presque immobile, comme captif de l'île. Puis il se lance en avant, plongeant vers l'eau. Son corps semble agir comme au ralenti, son saut s'éternise dans l'air et devient diaphane. Avant même qu'il n'atteigne la surface du lac, il entre en contact avec *Wakandagi* et disparaît, comme absorbé par l'air. Alors la silhouette géante se dilue à son tour dans l'espace.

Effarés, les adolescents restent un long moment sans voix, regardant les eaux calmes et lisses, à peine troublées par un vent léger. Le cri d'un huard les ramène à la réalité.

— C'est incroyable! Vous avez vu ça? s'exclame Audrey.

— Tu parles qu'on a vu! Il a disparu!

— C'était un sage, un grand homme. Je lui dois tout ce que je suis devenu. Maintenant son esprit est retourné aux pays des Anciens.

— Mais *Wakandagi* a disparu aussi!

— *Wakandagi* n'existe que parce que tu y crois, il vient tout droit de ton cœur.

— Alors il n'était pas réel?

— Mais attends... Ça ne se peut pas parce que Tohumac a...

Makinac ne les écoute déjà plus, il s'éloigne, un drôle de sourire sur les lèvres.

Tout étant rentré dans l'ordre, la cérémonie du Jour du Traité peut enfin
avoir lieu. Cette fois, cependant, elle
revêt un caractère nettement différent des
années antérieures. Le choix du territoire
amérindien marque officiellement un chan-
gement d'attitude du gouvernement fédéral
envers les premières nations. Si le rituel
demeure sensiblement le même, son impact
politique est tout autre. Les clans autochtones sont en fait reconnus comme un
peuple à part entière.

Tirée par quatre chevaux pie, une calèche entre dans la réserve avec, à son bord,
les représentants du peuple blanc. Elle est
encadrée par une dizaine d'agents de la
police montée, à cheval, portant bottes et

pantalon noir, ainsi que la fameuse tunique rouge barrée par le baudrier et le ceinturon, le chapeau à bord droit achevant de leur donner un style éblouissant. Le cortège s'avance au milieu des Amérindiens en costumes traditionnels, aux couleurs de toutes les tribus d'Amérique. Les tentes, tipis, wigwams, huttes ou maisons longues complètent le tableau.

La calèche fait halte près de la grande tente de cérémonie devant laquelle, bras croisés, attend Willy. Il porte un costume de peau blanc et la coiffe de chef des Premières Nations qui lui descend jusqu'aux chevilles.

Le représentant du gouvernement descend, tenant un cadre contenant le billet symbolique de cinq dollars. Il s'avance avec emphase vers Willy. Respectueux, il remet le cadre au chef amérindien qui, après l'avoir confié à un autre sachem, prend la *Wampum belt* qu'il offre, en retour, au chef des Blancs.

À ce moment, de la gorge des centaines d'Amérindiens rassemblés monte un grand cri guerrier, modulé et incroyablement intense, qui salue l'échange. Les tambours et les crécelles entament alors une série de rythmes et toute la foule se met à danser.

La vision est incroyable, magique et chargée d'une force inimaginable.

Renaud Vital, qui a réussi à trouver une place parmi le groupe des officiels, s'avance légèrement, lorsque les photographes mitraillent la scène, de façon a ce qu'il soit bien en vue sur les clichés.

Quant à Audrey et Stéphane, ainsi que leurs parents et grands-parents, ils se tiennent plutôt en retrait, derrière Willy. Ils sentent leurs tripes se nouer, tellement le sentiment de joie qui se dégage est profond.

Stéphane, malgré lui, revoit les images des Indiens chiapas — les Lacandons —, les derniers Incas qu'ils ont croisés dans une autre aventure, il n'y a pas si longtemps[*]. Eux sont les survivants d'un peuple mourant, alors qu'ici c'est l'explosion d'une nation riche de traditions, riche d'avoir su, avec difficulté sans doute, survivre et résister à sa manière pour renaître.

Quelques jours plus tard, Linda et Kevin, après avoir longuement parlementé avec les

---

[*] Lire *Les cubes d'obsidienne,* dans la même série.

chefs des tribus, ont reçu l'autorisation exceptionnelle de jeter un coup d'œil aux «roches qui enseignent». Ils ignorent que Makinac a utilisé son influence récente de chaman pour leur obtenir ce droit.

En découvrant les pétroglyphes, Linda ne peut s'empêcher de s'exclamer, pleine de compassion pour son patron:

— Pauvre Bular! Quand je vais lui dire que les «roches qui enseignent» occupent tout un pan de falaise, il va en faire une attaque. Je suis certaine qu'il imaginait de petites pierres tenant dans la main et dotées du pouvoir de faire tomber la pluie ou de provoquer un orage ou un autre effet quelconque.

— Pourtant la réalité est encore plus fantastique! proteste Kevin. Des peintures rupestres sur la falaise d'une petite île, surmontée en permanence par un nuage mythique et surveillée par un monstre marin, il y a là de quoi croire aux légendes les plus folles!

— Oui! Regarde! Encore ce personnage avec des oreilles de lapin!

— Tohumac disait qu'il représentait leurs Anciens venus des étoiles, intervient Stéphane.

— Étonnant! Ta mère mentionnait qu'elle en avait vus d'identiques en Éthiopie. Mais tu sais, cette tradition d'êtres venus de l'espace se retrouve un peu partout, dans toutes les civilisations : en Inde, chez les Mayas. Tiens! même *Oannès*, qui est le nom de mon bateau, était aussi un dieu mi-homme mi-poisson, qui serait venu des étoiles avant de sortir de la mer pour éduquer les hommes.

— On serait d'origine extraterrestre, alors?

— Ne va pas trop vite en besogne, Audrey. Souvent ces formulations ne sont que des manières de parler de Dieu. Même les chrétiens se tournent vers le ciel pour prier. Leur premier symbole était le poisson: ça ne veut pas dire qu'ils venaient de la mer.

— Et les autres mondes?

— D'après ce que tu m'as dit, Tohumac parlait de rêve. Les premiers missionnaires qui ont rencontré les Amérindiens disaient d'eux que c'était un peuple du rêve, parce qu'ils l'utilisaient beaucoup pour communiquer. En Australie, certains chercheurs pensent que c'était une pratique courante chez les aborigènes, même à l'époque préhistorique. Les *Bushmen* continueraient, aujourd'hui encore, à l'utiliser. Alors, tu vois, peut-être ces autres mondes sont-ils simplement d'ordre inconscient, psychique.

— Mais ça pourrait être vrai, aussi ?

— Pourquoi pas ! Il ne faut jamais écarter une hypothèse tant qu'elle n'est pas vérifiée. La difficulté, c'est de prouver la réalité d'une telle chose.

Kevin contemple la falaise avec admiration et se rapproche de Linda.

— Tu te rends compte, ma petite fille, que ce site n'est pas répertorié. Il y en a environ six cents connus au Canada, dont six au Québec. Il va falloir le dater en analysant les couches de silice.

— Pourquoi pas au carbone 14 ? demande encore Stéphane, intrigué.

— C'est simple, explique Kevin. Tu vois, ces fresques sont peintes à l'ocre. Or le mélange utilisé ne contient aucune substance organique, si bien qu'on ne peut pas utiliser le carbone 14.

— Par contre, poursuit Linda, des couches de silice se déposent au cours des siècles et ce minéral emprisonne des matières organiques, comme de petites algues ou du pollen. Alors, nous allons prendre des échantillons et retirer une à une les couches de silice, ce qui nous permettra de déterminer leur âge approximatif.

— Les fresques déjà connues remontent entre 2500 et 5000 ans, environ.

— Tant que ça?

— Oui, c'est une chance d'en trouver d'aussi bien conservées, surtout avec les vandales qui saccagent tout, aujourd'hui.

— Comment ça?

— Eh bien! dit Kevin avec un soupir. Figure-toi que des fresques du même genre, trouvées sur la rivière Outaouais, ont été recouvertes à la peinture par des touristes et des gens de passage. Ils ont voulu laisser leur signature et ont fait disparaître les traces d'un peuple de la préhistoire. Tout ça par pure ignorance!

— C'est pour cela qu'il faut protéger ces lieux à tout prix, tu vois?

Makinac a écouté, avec un petit sourire, ces explications des Blancs. Il pense en lui-même qu'ils ignorent encore bien des choses. Ce sera peut-être à lui de changer cet état de fait. Tohumac avait raison, il devra peut-être les initier à sa culture.

Une semaine plus tard, tristes, Stéphane et Audrey doivent se résoudre à faire leurs adieux. Ils se sentent pourtant bien au cœur de la réserve, avec Makinac et leurs nouveaux amis. Les événements magiques qu'ils ont vécus leur donnent aussi le sentiment d'être des privilégiés.

Stéphane ressent une certaine frustration qu'il n'arrive pas à bien comprendre, en regardant la photo de Malika. Il s'est tellement habitué à sa réputation de tomber en amour partout où il va, que là, le fait ne n'avoir pas eu le temps de s'intéresser vraiment à une fille, le perturbe.

Il n'ose pas se poser vraiment la question : Malika y est-elle pour quelque chose ? Est-il amoureux pour de bon ? Cette fois, c'est plutôt Audrey qui semble avoir été touchée par les beaux yeux de Makinac. Peut-être désormais devront-ils vivre des amours en alternance. Est-ce le prix à payer lorsque l'on est frère et sœur ?

Ces questions virevoltent dans sa tête lorsque l'on frappe à la porte.

Ce sont Makinac et Pevek qui viennent les retrouver au motel. Makinac évoque la mémoire de Tohumac. Le chaman lui a parlé du message reçu pour eux juste avant de disparaître au pied des «roches qui enseignent».

Là, au milieu de la chambre anonyme, avec des gestes empreints d'un grand respect, Makinac déroule avec précaution une peau de renard blanc qui révèle un casque de conquistador espagnol venu, dit-il, avec l'un des ancêtres de Tohumac, un Inca, au terme d'une longue migration.

Audrey et Stéphane sont fascinés: il ressemble à s'y méprendre au casque en or de Charles V, retrouvé dans une oubliette du donjon du premier Louvre et qu'ils ont admiré à Paris. Il est un peu différent de celui de Don Felipe. Pevek prend alors la parole et prononce quelques phrases qui ajoutent une couche de mystère supplémentaire à tout ce qu'ils ont déjà vécu:

— Tohumac est mort voici déjà huit ans, et ce fut un immense honneur de le voir revenir pour vous apporter cette connaissance de notre pensée. Il a su vous guider et nous donner des armes pacifiques qui ont résolu certains de nos conflits avec les autorités. Tohumac était un sage fort respecté par tous les aînés, mais il n'avait personne pour lui succéder. Alors les Esprits lui ont accordé le privilège de garder l'apparence d'un corps.

— Tu veux dire que c'était un fantôme ?

— Non, il était vraiment là, répond Pevek. Il connaissait la puissance des forces de la nature qui permettent de franchir les frontières du temps et de l'espace. Il était le dernier à pouvoir les utiliser. Il a choisi Makinac pour lui succéder, l'a initié et lui a transmis ses connaissances pour qu'il poursuive la tradition.

— Je suis tellement heureux pour toi, Makinac, dit Stéphane en lui prenant les deux mains avec une amitié teintée de déférence.

— Moi aussi ! dit Audrey tendrement, en lui déposant un baiser sur la joue.

Elle éprouve un drôle de pincement au cœur. Son amour naissant pour Makinac s'est transformé, d'un coup, en une étrange notion de respect. Le fait de savoir que Makinac est chaman, c'est un peu la même chose que s'il était entré dans les ordres. Pour elle, il n'y a plus de possibilité d'amour « amoureux » et elle en ressent une profonde nostalgie.

Pevek tend alors à Linda un petit colis qui renferme le pectoral de Don Felipe Da Gozal.

— Il vous revient, car il vous était destiné.

Sans ajouter un mot, Makinac et Pevek tournent les talons. Makinac hésite, revient sur ses pas et sort de sous son blouson un petit paquet qu'il offre à Audrey. Il rejoint ensuite Pevek et tous deux s'en vont, laissant les Lemoyne plongés dans une réflexion profonde.

Heureuse que Makinac ait ainsi pensé à elle, Audrey développe le présent. Elle découvre un petit totem en bois qui représente un béluga, dressé sur sa queue et surmonté d'un aigle aux ailes déployées.

Elle sourit et ne peut s'empêcher de rêvasser.

— C'est étrange qu'il ait sculpté ça.

— Pourquoi? demande Patrick.

— Parce que pour moi, maintenant, les Amérindiens et les bélugas, c'est un peu la même chose.

— Oh! explique-moi donc ce parallèle étonnant? demande Linda.

— Eh bien, les deux sont considérés comme des espèces en voie de disparition et pourtant ils survivent. Ils attirent de plus en plus de gens et nous apprennent des choses essentielles sur nous.

— Comme quoi?

— Eh bien, le respect de la nature, le fait qu'on fait partie d'elle et qu'elle ne nous

appartient pas, et puis que l'on a des quan-
tités de choses à apprendre d'eux. Tu vois,
ce genre de trucs.

Linda et Patrick doivent se rendre à
Paris pour faire leur rapport à Bular. Afin de
poursuivre le travail, Kevin va rester sur
place en compagnie de Laurence, heureuse
de reprendre ses fonctions en relations
publiques, et de toute une équipe de
spécialistes.

À Paris, Linda remet le pectoral et le casque à son patron, Érasme Bular, qui se montre fâché et déçu par tout ce qu'il apprend.

— Je vais finir par les collectionner, ces morions! Et un pectoral maintenant! Si ça continue, j'aurai une panoplie de conquistador grandeur nature. Alors comme ça, il n'y a pas de roches particulières?

— Oui et non, monsieur. Ce sont des pétroglyphes qui couvrent un pan de falaise. Mais ils sont très intéressants et...

— De vulgaires dessins sur une falaise! l'interrompt Bular avec colère.

Savoir qu'il ne tiendra jamais dans ses mains les «roches qui enseignent» le rend fou de rage. Mais à quoi donc avait joué Da Gozal durant tout ce temps? À apprendre une langue et à la traduire? Trop concret, Bular ne semble pas se rendre compte que c'est ainsi qu'il passe, justement, à côté de Da Gozal et de sa quête véritable.

— Mais il y a aussi la «Roue de médecine», s'objecte Linda.

— Des entassements de pierres, c'est tout! On en connaît déjà de semblables. Ce que je veux, c'est de l'extraordinaire, Linda! De l'inédit, du jamais vu!

Linda observe Bular, sceptique. Elle se demande ce qu'il cherche en réalité. Cette colère lui laisse entrevoir qu'il avait un but différent, une autre idée derrière la tête. De toute évidence, il détient des informations qu'il ne lui a pas communiquées.

Elle réalise aussi, à cet instant, que Bular ne semble pas comprendre l'importance de certaines données. Le fait de rejeter ainsi les pétroglyphes et la «Roue de médecine» demeure pour elle la preuve que l'archéologie n'est définitivement pas l'objectif véritable de Bular. La Fondation et le musée ne cacheraient-ils pas autre chose? Pendant qu'elle quitte l'hôtel particulier de son patron, un doute sérieux l'envahit.

Pour elle, ces mises au jour représentent un pas de géant dans la compréhension des peuples amérindiens et vont permettre de saisir la complexité d'une culture. Alors comment Bular peut-il écarter ces preuves du revers de la main? Elle revoit aussi les emballements de Bular pour les cubes d'obsidienne et se dit qu'ils ont bien fait de ne pas les lui remettre. La puissance qu'ils renfermaient sont sans doute un exemple de ce qu'il cherche vraiment. Elle se demande si Bular la manipule dans un but caché.

Le soir même, Bular se révèle sous son vrai jour. Il préside l'une de ses fameuses réunions secrètes où il montre le casque et le pectoral à ses acolytes.

Desquand, prenant sur lui-même, lève timidement la main puis, sur un signe de tête de Bular, prend la parole:

— Excusez-moi, monsieur, toutes ces découvertes sont fort enrichissantes pour notre renommée et la gloire du musée. Notre réputation ne cesse de grandir. Cependant, si je puis me permettre, cette poursuite intemporelle de Don Felipe Da Gozal ne nous a apporté, pour le moment, qu'une

statue de la reine de Saba, trois casques
de conquistador et ce pectoral, mais rien
des secrets tant attendus. Je me demande,
avec mes collègues, s'il y a vraiment des
«secrets Da Gozal». Que cherchons-nous
exactement? Nous dépensons beaucoup
d'argent pour suivre la trace de cet homme
sans que cela ne nous révèle rien d'exceptionnel pour le moment. Personnellement,
j'ai plutôt l'impression de participer à une
thèse sur un personnage historique.

Bular redresse sa masse graisseuse et,
s'extirpant laborieusement de son fauteuil,
se met enfin debout. Il dirige à la ronde un
regard noir, dardant chacune des personnes
présentes.

— Il me semble au contraire que les
cubes d'obsidienne n'étaient pas des objets
ordinaires, et qu'ils prouvent bien que Da
Gozal connaissait quelque chose qui nous
échappe. Je ne sais pas encore ce que c'est,
mais je considère, messieurs et madame,
que c'est parce que nous ne savons pas
regarder. Je suis sûr qu'il faut comprendre
tout cela autrement. Aussi allons-nous
reprendre l'ensemble des données et tâcher
de les examiner sous un jour nouveau.

Un brouhaha de protestation accueille
cette décision. Bular est conscient que son

obstination va peut-être à l'encontre des intérêts de leur groupe.

— Mais, monsieur! tente encore de protester Desquand.

Bular, cette fois nettement en colère, déclare d'un ton sans réplique:

— Dites-moi, Desquand, et vous autres aussi, pourquoi un homme se serait-il ingénié à laisser des traces de son passage en prenant autant de précautions? Il y a une raison bien précise! Il y a un secret Don Felipe Da Gozal! À vous de m'apporter des éléments tangibles pour le découvrir. Vous êtes payés pour cela et, de plus, vous avez tous une petite envie de prendre de l'importance. Si je vous ai choisis, c'est parce que vous avez les compétences pour résoudre des problèmes de ce genre... À moins que je me sois trompé?

Personne n'ose émettre un avis contraire. Chacun des membres de la petite confrérie ramasse ses notes et, penaud, quitte la salle, cherchant comment diable il va parvenir à percer l'énigme Da Gozal.

Bular demeure seul, plongé dans ses pensées qui le ramènent invariablement à se poser la question sur l'aspect concret des voyages de Da Gozal. Il continue et persiste à refuser une quête purement abstraite, voire

spirituelle. Habitué à gérer un empire inter-
national, à vendre, à acheter, à prêter des
œuvres de prix à travers le monde, à discuter avec des ministres et des hauts responsables, il ne peut se résoudre à penser
autrement. Ce qui est à la fois sa force et sa
faiblesse.

Épilogue

1530, au Québec

Après des jours de canoë et de portage pour franchir les rapides, Da Gozal et son fidèle compagnon, le père Raphaël, parviennent enfin au Saint-Laurent, dans la région où, bien plus tard, s'élèvera la ville de Québec. Ils sont de retour d'un long voyage qui les a menés jusqu'en Saskatchewan, au cœur de tribus qui n'avaient encore jamais rencontré d'homme blanc.

Ils ont pu vivre avec ces êtres fascinants durant six mois, jusqu'au début du printemps. Da Gozal a appris leur langue et Raphaël a couvert une bonne centaine de feuilles de ses observations. Mais surtout, Don Felipe, par son ouverture et sa soif d'échanges, a acquis certaines connaissances que lui a transmises un chaman.

La plus troublante demeure ce contact avec les esprits des Anciens et cette capacité de franchir le temps par le rêve et la vision intérieure. Cela lui a permis de voir ceux qui, cinq cents ans plus tard, suivront ses traces. Il a eu la surprise de constater qu'il s'agissait d'une famille unie et ouverte. Ce qui, sans doute, était préférable à un individu solitaire et secret, comme il l'était lui-même.

Aujourd'hui, les voici revenus dans une région plus fréquentée où, nombreux, les colonisateurs français se préparent à arriver. Au gré d'une rencontre exceptionnelle avec des pêcheurs bretons qui, parfois, se hasardent aussi loin dans le Saint-Laurent, Don Felipe Da Gozal et le père Raphaël tentent de se tenir au courant de ce qui se passe chez eux.

Ils se réjouissent de l'annonce du traité de paix entre la France et l'Espagne, intervenu en 1529. Mais ils s'inquiètent des incursions de plus en plus fréquentes vers ce Nouveau Monde dont ils ont eu la chance d'être parmi les premiers à découvrir les beautés.

Déjà, en l'an 1500, Gaspar Corte-Real avait longé les côtes de Terre-Neuve, puis Verrazanno, en 1524, s'était rendu jusqu'à la rivière Hudson.

Mais voilà que l'on parlait beaucoup d'un jeune marin de Saint-Malo, un certain Jacques Cartier, qui déjà avait fait un voyage avec des pêcheurs et s'apprêtait à revenir, cette fois au nom du roi de France. Il essayait, disait-on, d'intéresser la royauté à une véritable expédition. *Il lui faudra encore quatre ans avant d'y parvenir.*

Cette volonté de conquête attristait Don Felipe. Il savait, pour l'avoir vécu en Amérique du Sud, à quel point cela serait dramatique pour les habitants de ces régions, pour ces Amérindiens qu'il avait appris à aimer, à respecter, et qui avaient tant de choses à apporter. Mais, malheureusement, personne ne les écouterait. Ça, il en aurait mis sa main au feu. Les Blancs «civilisés» n'auraient cure d'écouter ces «sauvages» à demi nus.

Da Gozal et son compagnon acceptent l'invitation des Hurons avec lesquels ils ont effectué la dernière partie du trajet de retour, et gagnent leur village. Avec surprise, ils y font la connaissance de deux prêtres qui ont débarqué volontairement pour rencontrer leurs premières ouailles à évangéliser. L'un d'eux, le père André, a au moins commencé une œuvre intelligente : celle de rédiger un glossaire des termes algonquins et micmacs, dans le but de créer un lexique qui aiderait les prochains arrivants à établir un dialogue souhaitable.

Au cours de leurs discussions, le père André déclare avoir déjà fait un voyage en Égypte et, de plus, parler l'arabe couramment. Don Felipe lui propose alors un échange : il lui enseignera les signes des Micmacs et le père André lui apprendra l'arabe.

Un soir, alors que Don Raphaël et Don Felipe Da Gozal sont assis dans la maison longue d'un chef algonquin, les Amérindiens entonnent un chant déjà transformé par l'apport des mots latins des deux évangélisateurs. Peut-être même est-ce en l'honneur de leur présence qu'ils choisissent cet air que Da Gozal juge, personnellement, décadent.

> *Eh ! eh ! eh ! eh ! ah !*
> *Ou ! ih ! ha ! lô ! eh-léison*
> *Ave Marie Stella…*
> *Ah ! oh ! ih ! ah ! aaaa-léison*
> *Dei mater alma…*

À l'écoute de ce mélange de chant traditionnel et de mots importés, les larmes montent aux yeux de Don Felipe. Non parce qu'il est ému, mais parce qu'il se rend compte que, déjà, cette culture se dégrade. Il peut facilement imaginer que, dans les années à venir, bien des traditions se perdront, se transformeront et que, peut-être, jamais plus les petits-enfants de ces êtres ne sauront plus où se trouvent leurs racines. Ce qu'il a vu en Amérique du Sud recommencera ici. Le monde change et cela est normal, irréversible, il le sait, mais il en éprouve néanmoins une grande peine. Il se tourne vers Raphaël et insiste :

— Notez, cher frère, notez tout ce qui est authentique. Qu'au moins soit inscrit le vrai sens des choses et des actes, pour que cela serve un jour.

— Vous voulez que je conserve leur mémoire ?

— Non, elle leur appartient, mais inscrivez vos observations : une partie seulement de ce que nous voyons, de ce que nous pouvons comprendre. Le reste est dans leur cœur. Il nous faut rêver que leurs petits-enfants en hériteront. Tout va bientôt changer pour eux, les nôtres arrivent et ils seront de plus en plus nombreux.

— Je suppose que vous laisserez, là encore, un signe ?

— Il ne me reste plus qu'un pectoral, il me faudra trouver plus tard d'autres manières d'indiquer la route. Mais cette capacité de leurs chamans à franchir le temps et l'espace me fait augurer cette nouvelle manière, mon cher Raphaël.

Raphaël hoche la tête puis, écoutant le chant, se prend, lui aussi, à comprendre le mal déjà fait. Il se met à écrire sans relâche.

Audrey allume son ordinateur et constate qu'un message l'attend dans la « boîte à lettres ». Il s'agit de nouveau* d'une mystérieuse communication anonyme.

À vous qui suivez les traces de Don Felipe et qui maintenant l'avez rencontré, sachez que certains objets ont été enlevés du cairn que vous avez mis au jour. Il s'agit d'une coiffe égyptienne arborant un cobra

---

* Lire *Les cubes d'obsidienne,* dans la même série.

dressé sous un soleil unique, symbole d'Amé-
nophis IV, et d'un ankh-en maat, *un miroir*
magique, dont vous comprendrez bientôt
la signification*, ainsi qu'une pierre qui
explique diverses écritures. Il est trop tôt pour
que cette dernière soit découverte.

D'autre part, ne vous fiez pas totalement
aux traductions du père André. Il arrivait
d'Égypte et il a eu tendance à interpréter cer-
tains mots amérindiens pour les faire corres-
pondre à des signes égyptiens qui lui étaient
familiers.

Votre expérience de la tente tremblante
vous servira dans l'avenir Soyez courageux,
votre route n'est pas achevée.

À plus tard.

Audrey relit la missive en présence du
reste de la famille. De toute évidence, Bular
ne peut être à l'origine de ces messages, car
il n'est pas au courant de certaines préci-
sions. Alors qui ?

Qui savait où ils étaient, ce qu'ils faisaient et ce qu'ils avaient vécu ? Qui connaissait sur eux des choses qu'eux-mêmes

---

* Lire *La cité d'Aton,* dans la même série.

ignoraient ? Qui les aidait ainsi à mieux comprendre la route sur laquelle ils avançaient en aveugle ? Qui semblait savoir ce qu'ils allaient bientôt vivre ?

Y avait-il des réponses à toutes ces questions ?

Prochain rendez-vous :

« LA CITÉ D'ATON »

Alain J. Marillac a plusieurs cordes à son arc : journaliste, recherchiste, scénariste, auteur d'ouvrages pour la jeunesse et de livres de référence.

Passionné par l'histoire et ses aspects bizarres, il invente un monde imaginaire qui, tout en s'appuyant sur des faits réels et vérifiables, autorise à rêver que ses récits pourraient bien être vrais.

Série
L'ÉNIGME DU CONQUISTADOR
des romans écrits par Alain J. Marillac

Imprimé au Canada

 **Imprimeries
Transcontinental inc.**
DIVISION MÉTROLITHO